KB106055

일본 여자친구 사귀기
실전편

일본 여자친구 사귀기 - 실전편

초판 1쇄 인쇄 2014년 01월 14일
초판 1쇄 발행 2014년 01월 17일

지은이 장 용 하
펴낸이 손 형 국
펴낸곳 (주)북랩
출판등록 2004. 12. 1(제2012-000051호)
주소 153-786 서울시 금천구 가산디지털 1로 168,
우림라이온스밸리 B동 B113, 114호
홈페이지 www.book.co.kr
전화번호 (02)2026-5777
팩스 (02)2026-5747

ISBN 979-11-5585-129-6 03810

이 도서의 국립중앙도서관 출판시도서목록(CIP)은 서지정보유통지원시스템 홈페이지(http://seoji.nl.go.kr)와 국가자료공동목록시스템(http://www.nl.go.kr/kolisnet)에서 이용하실 수 있습니다.
(CIP제어번호 : 2014001301)

한국의 남성들이여!
국내연애시장을 떠나 블루오션 일본으로 가자!

book Lab

연애에 실패한 사람 중 다수는

성공을 목전에 두고도 모른 채 포기한 이들이다.

◑ 들어가는 말

주 대상 독자층은 일본여성과의 연애를 하고 싶어 하는 10대 후반에서 30대 중반의 한국남성들입니다. 우리나라의 특성상 여러 사회문화적 요인으로 인해 점점 까다로워져만 가는 한국여자와의 연애에 부담을 느끼는 한국남자들이 많습니다. 시대가 갈수록 한국여자는 연애에 있어서 요구사항이 많아지기 때문입니다. 이에 일본여자와의 연애를 대안으로 생각하는 한국남자들이 등장하기 시작했습니다.

일본에는 한국남자를 만나는 방법에 관한 책이 다수 출판되고 있습니다. 그리고 그 결과로 일본여자와의 국제결혼 수가 점점 늘어나고 있습니다. 2004년에 809쌍이었던 것이 2012년에는 1,309쌍으로 증가하였습니다. 이 책이 집필되고 있는

2013년에는 더 많은 남자들이 일본여자와 결혼할 것으로 예상됩니다.

외국인과의 교제가 언어문제 때문에 어려울 것이라고 많은 사람들이 생각합니다. 일본어를 전혀 못해도 상관없습니다. 의사소통의 어려움을 극복하는 과정을 이 책에 담았습니다. 이 책을 쓰는 글쓴이도 일본어를 하지 못합니다. 간단한 단어나 몇 개 알고 있는 정도이죠.

심심풀이 소일거리로 일본여자와의 펜팔을 시작하다가 현재는 한 일본여성과 2년째 예쁜 사랑을 지속해 나가고 있습니다. 수많은 시행착오 끝에 예쁜 일본여자친구를 얻었고 한국여자와는 다른 일본여자만의 장점을 많이 알게 되었습니다. 그리고 이러한 정보를 저만 알기가 아까워 이제 제가 일본여자친구를 어디서 어떻게 만났는지 그 노하우를 이 책으로써 공유하고자 합니다.

장용하 올림

◑ 차례

제2부_실전

제3부_굳히기

제4부_끝맺음

제 1 부

준비

Japan
も
と
おんな

한국여자와의 연애에 부담을 느끼는
대한민국의 남성들에게 묻습니다

한국 여자친구와의 연애에 있어서 늘 바보처럼 여자친구 손바닥 안에서 맴돌고 있는 느낌을 받은 적이 있나요? 여자친구가 말도 안 되는 이유로 화가 나면 이를 달래기 위해 계속 '미안해'란 말을 남발하고 있지는 않은가요. 연애할 때마다 늘 여자가 남자보다 우위에 있어서 힘든 당신이라면 이 책이 필요할지도 모르겠습니다.

최근 한국사회는 연애에 있어서 사회문화적으로 남성들에게 더 노력하고 스트레스 받을 것을 원합니다. 사소한 데이트비용부터 시작해서 시간약속 지키기까지. 남자가 잘못하면 남자가 나빠서 그런 것이고 여자가 잘못하면 남자가 쩨쩨하게 그런 것 가지고 따지느냐 하며 세상은 더없이 남자들에게 불리해져만 갑니다.

그렇다면 돌파구는 없을까요. 여자들의 마음가짐을 상냥하고 순종적이던 어머니 세대가 그랬듯이 다시 예전으로 돌려놓을 순 없을까요? 안타깝게도 이미 목소리가 커질 대로 커져버린 육식화 된 한국 여자들은 그럴 생각이 전혀 없는 것 같습니다. 오히려 성차별을 주장하며 오히려 남자들을 역차별 하는 것을 당연시 여깁니다.

그러면 이런 문제를 공론화해서 여자들과 대판 싸워보는 것은 어떨까요? 글쎄요. 남자들은 여자들과 싸워서 절대로 이길 수가 없습니다. 왜냐하면 남자들은 누군가와 싸울 때 논리력을 탑재해가며 싸워야 하거든요. 하물며 여자들이 눈물을 글썽이기까지 하면 당신은 이미 공공의 적이 되어버리고 맙니다.

그렇다고 해서 '하, 연애하기 참 힘들구나' 하며 움츠러들어 벌써 연애를 포기하는 것은 이릅니다. 예로부터 울프의 강인한 정신을 지닌 대한민국의 건강한 남자들로써는 받아들일 수 없는 옵션인 거죠.

조금만 눈을 돌리면 다양한 옵션이 있다는 것을 알 수 있습니다. 바로 외국인과 연애를 하는 것이죠. 국제연애니 국제결혼이니 하면 결혼 못한 못난이 아저씨들이 동남아지역이나 러시아연방 쪽의 가난하고 힘없는 불쌍한 여자들을 돈으로 사오는 것을 으레 생각합니다. 그리고 선진국의 여성들은 키 작고 볼품없는 한국의 동양인을 좋아하지 않기 때문에 미국이나 유럽은 한국남자들이 포기한지 오래입니다. 그러나 우리에겐 포기는 없습니다. 왜냐하면 우리나라 옆에는 일본이란 나라가 있거든요.

일본이란 나라는 이웃나라이면서도 그동안 우리가 무시해왔던 나라입니다. 역사적으로 늘 불편한 관계에 있어왔기 때문에 늘 있는 듯 없는 듯하며 살아왔죠. 하지만 역사 때문에 우리가 일본을 포기하기엔 일본여자들이 가진 장점이 너무나도 많다는 겁니다.

○ 선진국 중 유일하게 한국남자를 좋아한다. 미국과 유럽의 여자들과는 달리 일본여자는 생김새가 비슷한 한국남자를 선호하는 경향이 있다. 20여 년 전에는 미국이나 서유럽 남자를 선호하였으나 문화차이가 커 요즘은 한국남자를 좋아하는 추세이다.

○ 문화가 놀랍도록 비슷하고 언어 또한 유사성이 많다. 식문화, 생활환경, 관습, 한자문화권 등 많은 부분에서 겹치는 부분이 많다.

○ 상냥하기 그지없고 친절하기로는 끝이 없다. 여기에 있어서는 의문의 여지가 없다.

○ 최근 일본남자들의 급격한 초식화로 남자다운 한국남자에 대한 수요가 폭발적으로 증가하고 있으며, 일본여자와의 국제결혼 수도 증가하고 있다. 기타 중국, 동남아나 러시아권의 국가들을 제외하면 선진국 중 유일무이한 수치이다.

○ 게다가 우리나라보다 인구가 두 배 이상 많으니 기회도 두 배 이상 많은 거다. 2배 + α(초식남 효과)는 놓치기 힘든 수치이다.

○ 일본사람들은 거의 대부분 종교가 없기 때문에 한국처럼 종교가 달라서 생기는 문제가 거의 없다. 농담을 하다 여

자의 종교를 종종 비하하는 실수를 범할 일이 없다는 것이다. 그리고 교회를 다니는 한국여자는 '내 남자친구는 반드시 교회를 다녀야해' '난 독실한 크리스천을 만날 거야' 하고 생각하는 사람들이 많다(한 가지 예를 들었을 뿐, 특정 종교를 비하할 생각은 없습니다).

○ 혼전순결을 반드시 지켜야 한다는 생각을 가진 일본여자는 거의 없다. 한국의 경우 아주 올드한 타입인 여자의 경우 혼전순결을 강조한다(반드시 그 여자가 처녀라는 증거는 없다. 밤마다 클럽으로 원정을 다닐지, 외국 어학연수를 떠나서 무슨 일을 했을지 아무도 모른다. 단지 당신과 몸을 섞기 싫은 경우도 있다).

○ 더치페이가 일반화되어있다. 한국에서는 많든 적든 상당 부분을 남자가 부담하는 것이 관례이다. 하지만 일본은 정반대다. 만약 당신이 점심 한 끼라도 대접한다면 깜짝 놀라며 눈에 하트가 둥둥 떠다니는 일본여자친구를 볼 수 있을 것이다.

○ 여자친구의 가족, 친구들을 과도하게 챙길 필요가 없다.

한국에서 연애를 할 때, 힘든 부분이 여자친구의 가족이나 친구들이다. 이들에게 조금만 밉보이면 당장 헤어질 것을 요구할 것이다. 한국여자의 특성상, 남자친구 말보다는 친구들, 가족들의 의견을 더 신뢰하기 때문에 이들은 연애에 있어서 굉장히 힘든 요소이다. 수많은 여자친구의 친구들과 가족들을 모두 다 챙기기엔 우리 남자들은 너무 바쁘다.

○ 한 달에 한 번씩 찾아오는 생리현상으로 남자들을 힘들게 하지 않는다. 생리 때에 화가 나고 짜증이 나는 것은 남자친구 때문이 아니라는 것을 일본여자들은 너무나 잘 알고 있다. 그만큼 합리적이라는 거다. 하지만 한국여자들은 그런 게 없다. 무조건 화나고 짜증나면 남자친구부터 잡고 본다.

○ 잘못했을 때 한번만 미안하다고 하면 끝이다. 한국여자처럼 물고 늘어지지 않는다. 변명이라도 할 참이면 '뭘 잘못했는데?' '왜 그랬는데?' 하는 질문형 공격을 받게 된다. 이런 말이 나오는 즉시 이 싸움은 쉽게 끝이 나지 않는다.

○ 외모나 몸매가 한국남자가 선호하는 타입이 한국보다 좀 더 많다. 일본인의 유전학적인 구성이 한국인과는 약간 다른 면이 있기 때문인데 이 후 따로 장을 마련해서 자세히 설명한다.

○ 한국여자는 남자가 시련에 닥치면 헤어지는 경우가 많다. 남자가 직장을 잃거나 진로가 불투명해지는 등 미래가 어두워지면 반드시 헤어진다. 자신에게 해가 될 수 있다는 것을 늘 머릿속으로 계산하고 있기 때문이다. 만약 그렇지 않고 계속 사귀는 착한 여자라고 해도 주변에서 가만 안 놔둔다. 어머니나 친구들이 계속 들볶을 것이다. 여자친구를 만난다고 해서 여자친구만 생각해서는 안 된다. 여자친구를 둘러싸고 있는 네트워크 조직을 모두 생각을 해야 한다.

○ 다시 한 번 더 말하지만 일본의 초식남들 때문에 일본여자는 외롭다.

◑ 일본여성과의 국제결혼 추이 ◐

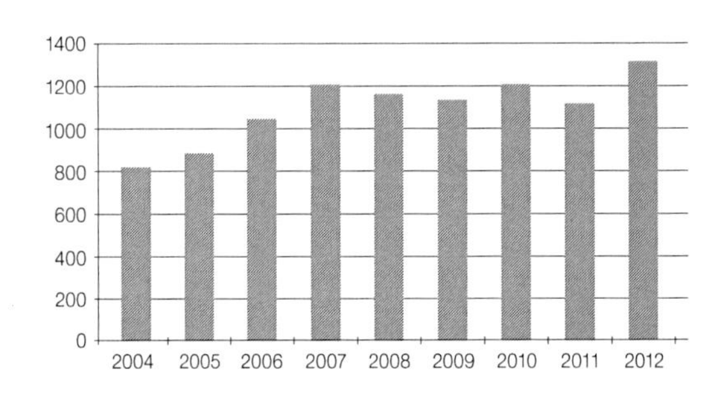

년도	2004	2005	2006	2007	2008	2009	2010	2011	2012
혼인	809	883	1045	1206	1162	1140	1193	1124	1309

〈 자료 : 통계청 〉

이 외에도 많은 일본여자만의 장점이 있습니다. 첫 장인 만큼 이 정도만 쓰겠습니다.

팍팍하고 경쟁 많고 스트레스 받는 한국여자와의 연애에서 탈피해 경쟁 적고 남자로서 대우받는 일본으로 갑시다. 레드오션인 국내연애시장을 떠나 블루오션인 일본으로 가봅시다.

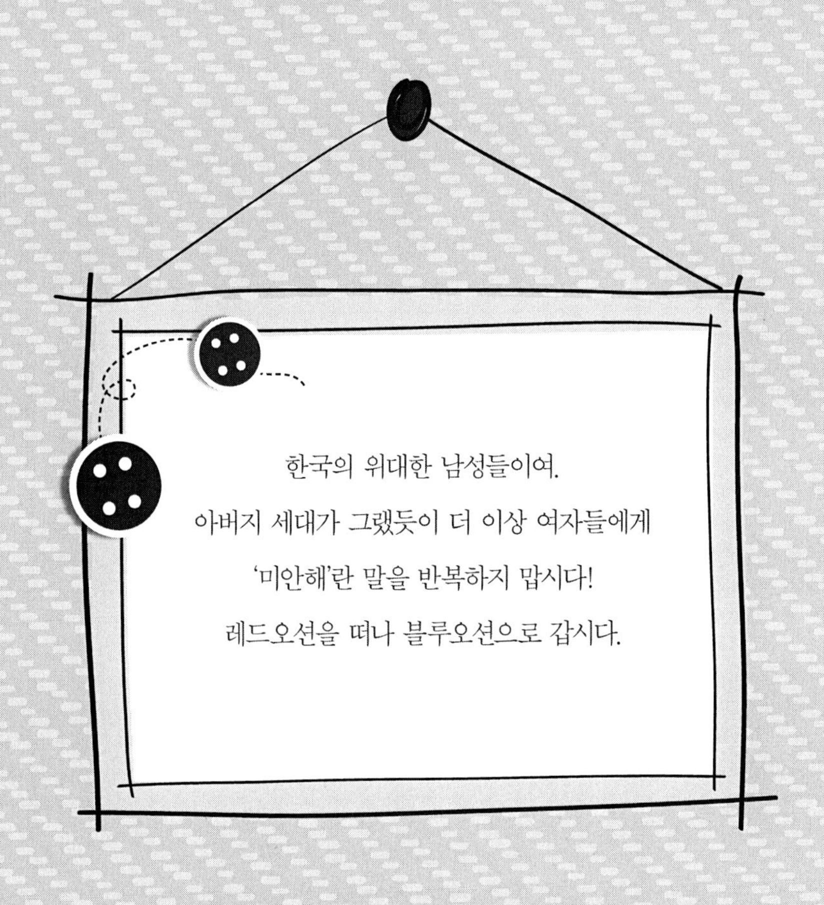
한국의 위대한 남성들이여.
아버지 세대가 그랬듯이 더 이상 여자들에게
'미안해'란 말을 반복하지 맙시다!
레드오션을 떠나 블루오션으로 갑시다.

일본여자를 만나기 전에 갖추어야 할 준비

일본여자라고 한국남자라면 다 좋아할까요. 답은 '절대 아니다'입니다. 이에 지레 겁을 먹고 '그렇다면 나는 평범하게 생기고 말주변도 없어서 한국에서 연애하기 힘든데 일본에서도 안 되겠네?' 한다면 그것도 답은 '아니다. 가능성이 충분히 있다.'입니다. 무슨 말이냐구요? 하나하나 차차 풀어 갑시다.

한 가지 확실하게 말씀드릴 수 있는 건 일본여자들이 한국남자친구를 좋아하는 것은 한국 남자이기 때문이 아니라는 겁니다. 일본여자에게 있어서 국적은 중요한 사항이 아닙니다. 다만 한국남자들이 일본여자에게 사랑받기에 충분한 조건을 가지고 있기 때문에 사귀게 되는 겁니다. 한국여자들에게 시달릴 대로 시달려서 연애에 있어서 노예 같은 마음으로 한 여자에게 잘해 줄 준비가 되어있는 한국남자들은 일본에서 인기가 높습니다.

그럼, 이렇게 추상적으로 어렵게 풀어쓰지만 말고 준비사항을 핵심적인 것만 뽑아서 알아봅시다.

통해야 한다

일본어를 유창하게 해야 한다는 말이 아니다. 필자는 일본어를 못한다. 배운 게 있다면 대학 1학년 때 교양과목으로 일본어1을 이수했을 뿐이다. 그것조차 학점은 C+이었다. 처음 일본 여자친구를 사귀었을 때, 일본어로는 맛있다, 기쁘다, 그만둬… 이 정도 단어만 알고 있을 뿐이었다(이 정도 일본어라면 대한민국 남자 중 99%가 알고 있다). 만약 당신이 일본어를 능숙하게 잘한다거나 일본여자가 한국어를 할 수 있다면 모르겠지만 의사소통은 힘들다. 하지만 그렇다고 포기할 한국남자가 아니다. 다 방법이 있다. 다음 장의 알고리즘 그림을 보며 내가 일본여자와의 연애에 성공할 수 있을지 알아보자.

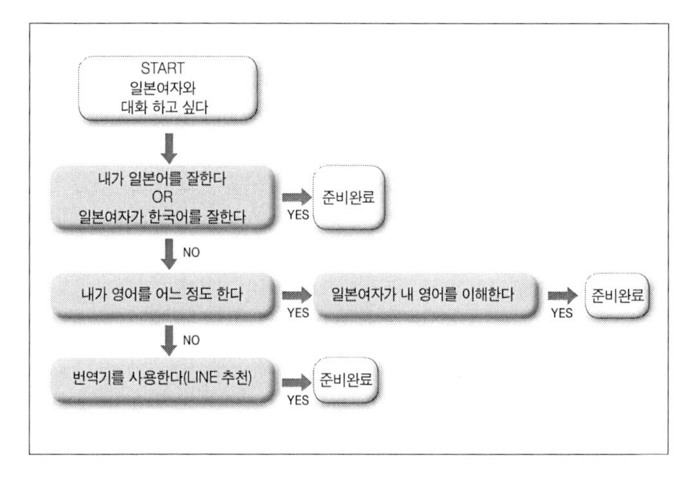

일본여자와 대화하고 싶다면 이 알고리즘에서 START부터 시작해서 마지막에는 준비완료가 나와야 한다.

이 알고리즘에 따르면 당신은 일본여자와의 연애에 반드시 성공한다. 번역기에 대한 사용설명을 덧붙이자면 이 번역기가 상당히 큰 도움을 준다는 것이다. 영어 문장을 번역기로 돌리면 엉뚱한 번역이 나오지만 일본어 번역기는 그렇지 않다. 90% 이상 완벽하게 번역을 해낸다. 문법 및 어순이 국어와 동일하기 때문에 번역기의 수준도 완성도가 매우 높다. 사람의 감정과 한국어의 오묘한 느낌까지도 잡아낼 때가 있어서 필자 스스로도 깜짝 놀란 적이 한두 번이 아니다.

그럼 어떤 번역기를 사용할까. 번역할 때마다 컴퓨터를 켜서 인터넷에 접속하긴 뭔가 너무 복잡하다. 이때, 스마트폰 어플을 이용하면 굉장히 편리하다. 어떻게 생각해보면 필자도 일본 여자친구를 만난 것도 스마트폰의 공이 컸다. 많은 번역기 어플이 있지만 필자는 N사의 LINE을 추천하고 싶다. 이 어플은 메신저이기도 하지만 자동 번역을 해주는 기능도 있다. 게다가 대부분의 일본인들은 이 어플을 사용하고 있다. 라인에서 친구추가로 들어가면 'LINE 일본어통역'이라는 친구가 있다. 이를 친구로 등록한 다음 일본인과 대화할 때, LINE 일본어통역도 대화에 참여시키면 자동으로 번역을 해준다. 라인 일본어번역기를 사용하자. 거꾸로 일본판 LINE에는 한국어 번역기가 있다.

한국에서 연애 두 번 정도는 경험해 보고나서 일본여자를 만나자

연애경험이 한 번도 없으면서 일본여자를 만난다는 것은 한계가 있다. 단 연애경험이 두 번 정도 있다면 어느 정도 여자가 좋아하는 것과 싫어하는 것에 대한 자신만의 노하우가 어느 정도 쌓일 것이다. 그런 분이라면 이 책이 큰 도움이 된다.

일본이 마이너리그라면 한국은 메이저리그다. 그만큼 한국여자들이 까다롭고 바라는 것 많고 힘들다는 것이다. 한번 한국여자에 익숙해진 남자들이라면 마이너리그인 일본에서 100% 성공할 수 있다. 일본은 전통적으로 남성우위인 사회이다. 믿기 어렵겠지만 우리나라보다 가부장적인 마인드가 더욱 심하다. 그래서 데이트 할 때 더치페이를 하고 남자가 여자를 차버릴 수 있는 것이다(한국의 경우 남자가 여자를 차는 경우는 거의 없다. 있다면 여자가 바람을 핀다든지, 클럽에서 낯선 남자와 하룻밤을 보낸다든지 하는 용서받지 못 할 잘못을 저질렀을 경우이다).

일본여자들이 한국남자들을 좋아하는 이유는 한국남자의 연애스타일 때문이다. 일본여자들에게 한국남자의 가장 좋은 장점을 꼽으라고 묻는다면 단연 '자상함'을 꼽을 것이다. 그 다음으로는 '로맨틱하다', '무조건 여자 중심으로 챙겨준다'이다. 한국에서의 연애는 무조건 여자가 갑이다. 여자친구가 화라도 난다면 남자는 안절부절하지 못하고 그 화를 받아주게 되는 경우가 많은데 이런 끈기와 매너에 일본여자들이 반하는 것이다. 그 외에도 아래와 같은 특성들을 일본여자들이 좋아한다.

1. 데이트가 끝나고 헤어질 때 집에 바래다주기
2. 약속시간에 늦지 않거나 일찍 오는 점
3. 길을 걸을 때 손을 꼭 잡아주거나 허리를 팔로 감싸주는 것(일본남자의 경우엔 거의 손을 잡아주지 않는다. 만약 손을 잡을 때 깍지까지 껴준다면 일본 여자들의 마음은 살살 녹을 것이다)
4. 음식을 먹을 때 손으로 먹여주는 것
5. 짧은 치마를 입고 의자에 앉았을 때 다리를 가릴 자신의 옷이나 목도리를 주는 점

6. 호칭을 이름으로 하지 않고 '자기'나 '베이비' 같은 닭살스
   런 호칭으로 부르는 것(일본남자는 거의 대부분 이름만 부른다)
7. 감정표현이 풍부한 점
8. 뭐든지 여자 중심으로 생각해 주는 것
9. 날이 추우면 감기 조심하라는 사소한 걱정을 해주는 점
10. 여자를 공주로 만들어주는 점
11. 항상 웃는 얼굴인 점
12. 여자가방을 들어주는 점

이처럼 한국에서는 당연한 매너인데 일본여자에게는 로맨틱하게 느껴지는 점들이 많다.

잘생기지 않고 평범하게 생겨도 괜찮다

물론 잘생기면 일본여자에게 인기가 좋다. 하지만 한국남자의 70%는 평범한 외모라고 생각한다. 그렇지만 다행인 것이 잘생긴 남자 싫어하는 일본여자도 많다는 것이다. 바람을 피우기 좋은 인상이라는 이유에서이다. 한국여자와의 연애에서의 경험을 살려 일본여자를 잘 챙겨준다면 일본여자친구 사귈 확률은 100%이다.

남자는 무조건 예쁜 여자를 좋아한다. 하지만 여자들은 조금 뭔가가 다르다. 굳이 멀리 안가고 한국의 가까운 번화가만 가 봐도 별로 잘생기지도 않은 남자들이 예쁜 여자들을 데리고 다니는 것을 볼 수 있다. 남자의 외모는 크게 중요하지 않다. 좀 더 자신감을 가지고 접근한다면 결과가 좋다.

얼굴의 용모를 떠나서 전체적인 몸매를 본다면 확실히 한국남자들이 경쟁력이 있다. 일단 골격 자체가 일본남자에 비해 확실히 크고 살집도 있다. 일본의 경우 왜소하고 마른 남자들이 많다.

단, 바람둥이는 안 된다

일본여자들은 바람을 피우는 남자들을 한국여자만큼이나 경계한다. 다만 한국여자와는 다른 점이, 남자가 바람을 피울 생각을 못하도록 남자한테 잘한다는 것이다. 남자가 어떤 부탁을 하든지 들어주려고 노력한다. 비록 그 요구가 변태적인 것이라도 말이다(그렇다고 해서 일본AV만 생각하고서 일본여자에게 접근하지는 말자). 그리고 바람둥이는 군이 일본에 진출할 이유가 없다고 본다.

금전적으로 돈이 많이 들지 않을까?

답은 '한국에서 연애하는 것과 비슷하다'이다. 다만 자주 볼 수는 없다. 한두 달에 한 번씩 만나는 장거리 연애와도 같다. 오히려 한두 달에 한 번씩 만나는 만큼 견우와 직녀처럼 애틋한 사랑을 해나간다고나 할까. 금전적으로 비용을 아끼는 방법은 따로 챕터를 만들어서 자세히 설명해 놓았다. 이를 참고하자.

허세는 안 된다

돈 많고, 잘생기고, 집안 좋고, 우리 집 차가 뭐고, 부자동네 어디어디에 살고 있고, 등등…. 이런 것들은 한국에서나 통한다. 어른이니 좀 더 큰 생각을 하자. 이런 건 중학교 2학년들이나 하는 생각이다. 당신이 가난한 대학생일지라도, 급여가 넉넉잖은 회사원일지라도 일본여자는 상관없다. 부끄러운 얘기지만 참고로 필자는 대학 졸업 후, 백수시절에 일본여자친구를 만났다.

절대 허세부리지 마라. 일본 여자는 이런 걸 못 참는다. 일본에 여행을 가보면 일본사람들이 얼마나 실용적인 마인드를 가지고 있는지 잘 알 수 있다. 명품자동차 렉서스의 원산지이지만 렉서스는커녕 대형차조차 찾기 쉽지 않다. 소나타 급의 중형차도 없고 아반떼 급의 준중형도 많지 않다. 거리엔 마티즈 급의 소형 박스형 자동차뿐이다. 승합차도 다마스 같이 정말 아기자기하다. 당신의 미래여자친구는 이런 실용적인 생각을 가지고 있다는 것을 명심하자.

일본의 식문화를 이해하는 것이 중요하다

사실 이 내용은 다른 챕터에서 설명하려고 했지만 일본의 독특한 식문화 때문에 연애에 어려움을 겪는 분들이 많아서 이 자리에서 설명하고자 한다.

잠깐 일본 이야기에서 넘어와서 인도 이야기를 해보자. 많은 한국인들이 인도여행을 갔다 와서 공통적으로 하는 얘기가 있다.

"내가 공항에서 내리자마자 알 수 없는 겨드랑이 밑 냄새와도 같은 악취가 내 코끝을 찔렀다. 인도사람들은 악취가 심하다. 정말 좋지 못한 경험이었다."

인도사람들이 가난해서 잘 씻질 않아서 그런 걸까? 그런 인종차별적 선입견은 아닌 것 같다. 인도는 사실 어떤 부문에 있어서는 우리나라보다 과학기술이 훨씬 앞서있다. 자체 인공위

성을 자체 로켓에 담아 우주로 발사하고, 핵무기도 다량 소유하고 있다. 게다가 소득이 높은 잘 사는 중상류층 인구가 우리나라 전체 인구를 합한 것보다 많다.

그럼 우리나라 얘기를 해보자. 박찬호 선수가 처음 미국으로 건너가 LA다저스에서 한창 훈련을 시작했을 무렵이다. 박찬호 선수와 포지션이 겹치는 경쟁상대의 선수가 있었는데, 박찬호 선수를 유독이 싫어했다고 한다.

"찬호! 너에게서 마늘냄새가 난다구!"

자존심에 상처를 입은 박찬호 선수는 그때 김치 등 마늘이 들어간 음식을 먹지 않았다고 한다. 그러자 그 선수와의 불화는 사라지고 나중엔 잘해주더란 것이다. 인도 이야기와 박찬호 선수 이야기에서 얻는 교훈은 무엇일까? 각 민족마다 외국인들이 느끼는 악취가 있을 뿐, 인종차별적 접근은 금물이라는 것이다. 외국인이 싫어하는 것이 있으면 안하면 된다.

일본사람에게 있어서 마늘냄새는 상당한 악취이다. 우리는 김치 등 마늘이 들어간 음식을 자주 먹어서 못 느끼지만 일본인에겐 악취가 될 수 있다. 그러나 너무 걱정은 말자. 다행히도 대부분의 상냥한 일본여자들은 한국인에게서 마늘냄새가 난다는 것을 이해해준다. 다만 직접 만나기 전에 일부러 마늘이 들어간 음식을 많이 먹는 것은 예의가 아니다.

또 한 가지, 음식을 먹을 때, 후루룩 짭짭 먹는 소리를 크게 내지 말자. 일본에서는 이게 굉장히 실례가 되는 행동이라고 한다. 한국에서는 큰 문제가 아닌데 말이다. 문화가 달라서 생기는 문제이다.

일본에 가서는 밥그릇, 국그릇같이 작은 그릇은 손으로 들고 먹자. 밥그릇, 국그릇을 잡는 독특한 방식이 있다. 일본의 밥그릇과 국그릇은 대부분 나무로 만들어져 있는데 밑부분을 보면 툭 튀어나와 있는 것을 확인할 수 있다. 엄지손가락으로는 그릇 윗부분을 잡고 검지로는 이 튀어나온 부분을 잡는 것이다. 잘 모르겠다면, 당신의 토끼 같은 일본여자친구에게 물어보자. 일본문화를 알리는 기회이기 때문에 기쁘게 받아들일 것이다. 일본 문화가 그렇다. 너무 한국식으로 고개를 숙이고 먹지 말자. 단, 한국에 오면 거꾸로 그릇을 들고 먹지 못하도록 일본여자친구를 교육시켜보자.

다음은 가장 민감한 부분인 역사문제다

한국과 일본은 역사적으로 서로 이웃이면서 끝없이 다퉈왔다. 현대사회로 들어와서조차 서로 정치적으로 반목한다. 두 나라간 풀어야 할 숙제가 너무 많기 때문이다.

한 가지 흥미로운 사실은 독도문제, 과거사문제에 일본사람들 자체는 큰 관심이 없다는 사실이다. 관심은커녕 기본적인 지식조차도 없다. 일본인에게 독도문제를 묻는다면 왜 독도가 다케시마고 어째서 일본 땅이어야 한다는 기본적인 논리가 없다. 그냥 일본정부가 그렇게 말하니 정부의 말을 신뢰하는 것이다. 일본은 소수의 엘리트들이 나라를 이끌어 나가는 사회이다. 정부의 도쿄대, 와세다대, 교토대 출신들이 결정하면 국민은 이를 의심 없이 따른다. 반면 우리나라는 엘리트층이나 일반시민이나 하고 싶은 말은 다 하고 사는 나라다. 일본은 원래 그렇다. 우리나라처럼 정부를 불신하지 않는다. 그렇기에 정부가 잘못된 주장을 해도 이에 반대하지 않는다. 그런 이유로 역사문제로 당신의 귀여운 일본여자친구와 싸울 이유도 없다. 어차피 싸움이 되지도 않을뿐더러 당신이 왜 화가 났는지 이해도 못할 것이다. 다만 일본의 우익에 분노하면 된다. 그런 우익 녀석들은 오타쿠 같은 놈들이라 여자친구도 없을 것이다. 우리가 일본여자들을 선점하자.

다정다감해지자

일본여자들이 한국 남자를 좋아하는 가장 큰 이유가 아닐까 싶다. 일본여자와 사귀면서 가장 크게 느끼는 점이기도 한데, 그저 난 한국여자 만나듯이 기본적으로 남자가 챙겨야할 것만 했는데 너무도 좋아하고 감동받더란 것이다. 식당에 가면 앉기 편한 벽 쪽에 여자를 앉힌다든지, 식당에서 나와 신발 신을 때 여자 앞에 쪼그려 앉아서 신발을 신겨 준다든지, 이러한 기본적인 매너에 일본여자의 마음이 녹기 시작한다.

일본남자들은 대체적으로 차갑고 친절하지 않다. 냉정을 유지하며 한국남자들의 친절하고 다정다감한 행동을 이해하지 못한다. 일본의 가부장적 마인드는 한국의 그것보다 훨씬 강성하고 단단하다. 이를 이용하면 일본여자친구를 쉽게 사귈 수 있다.

야동과 착각하지 말라

이 부문에 있어서는 길게 얘기하지 않겠다. 일본AV에 나오는 여배우들과 보통의 일반적인 일본여자는 다르다…. 설마 이 정도는 알고 있으리라 믿는다. 모른다면 국가적인 망신이다. 물론 실제로 사귀게 되면 야한 예쁜 짓을 해주려 하는 경우가 종종 있다. 이는 일본여자가 음란하기 때문에 그런 것이 절대 아니다. 남자가 좋아하기 때문에 싫지만 억지로 하는 것이다. 일본여자는 인내심이 한국여자보다 훨씬 강하기 때문에 싫어도 참고 해주는 것이니 착각은 하지 말자.

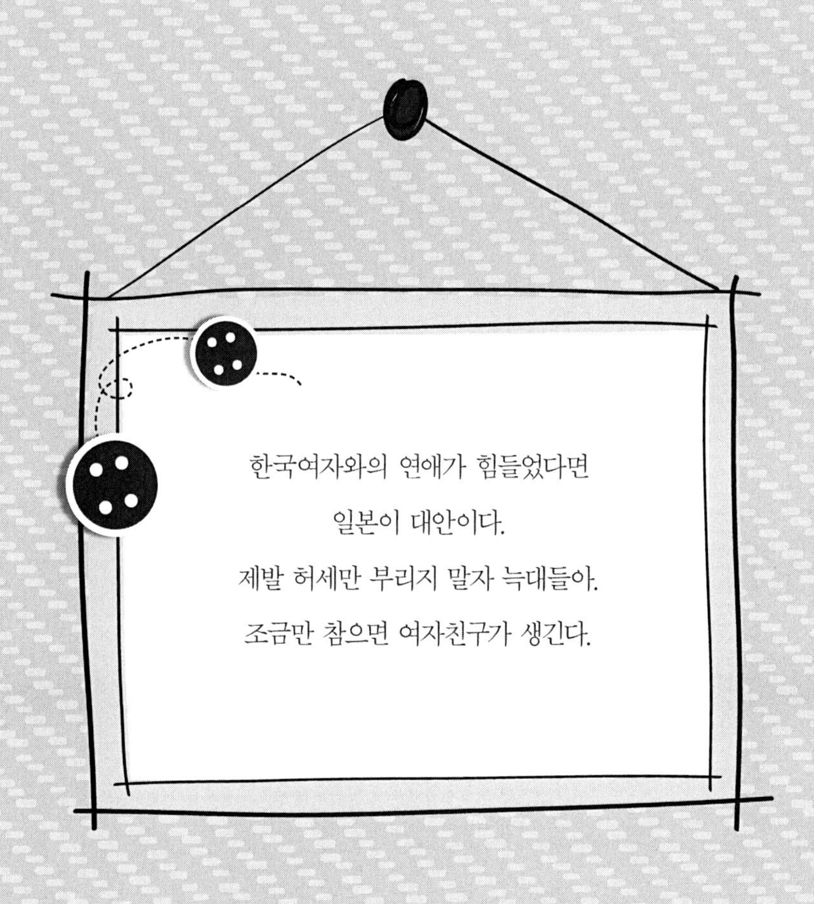
한국여자와의 연애가 힘들었다면
일본이 대안이다.
제발 허세만 부리지 말자 늑대들아.
조금만 참으면 여자친구가 생긴다.

제 2 부

실전

Japan
も
と
おんな

본격! 일본여자를 만나보자.
사귀는 방법 5가지
'비법 대공개'

앞장에서 일본여자가 얼마나 좋고, 만나기 전에 어떤 준비를 해야 하는지 철저하게 분석하고 공부해봤습니다. 그렇다면 문제는 이렇게 좋은 일본여자들을 어떻게 만나야 한다는 얘기인 거죠? 대부분의 한국남자는 한국에 살고 있는데 어떻게 외국인 여자친구를 사귄단 말인가.

절망하지 말고 아래를 봅시다. 다음은 일본여자친구를 사귈 수 있는 가장 쉬운 방법 5가지입니다. 당신이 한국에 살더라도 도전할 수 있는 방법들이 몇 가지 있으니 낙담하지 말고 찬찬히 읽어 봅시다.

직접 일본에 살기(학업이나 취업)	☆☆☆☆☆
일본에 여행 가서 만나기	★☆☆☆☆
한국에 사는 일본여자 만나기	★☆☆☆☆
어학연수	★★★★☆
펜팔	★★★★★

이 중에 하나라도 도전할 수 있다면 이미 절반은 성공한 겁니다.

직접 일본에 살기(학업이나 취업)

☆☆☆☆☆

아니 이것이 웬 말인가. 나보고 일본에 가서 살라니. 일본어를 전공하지도 않았고, 일본 대학교에 진학할 마음은 추호도 없으며, 더군다나 일본에서 일하고 싶지도 않다는 분들이 있다면 필자는 다른 방법을 추천하고 싶다. 필자 본인도 한국에 살면서 일본여자를 만났다. 일본어는 더더욱 모른다. 다만 일본에서 취업하는 것은 조금 추천해주고 싶다. 일부 분야, 특히 소프트웨어 쪽은 일본회사에서 일하기 좋다고 한다. 전공이 컴퓨터 공학이면 한번쯤 생각해 보자.

일본에 살면 일본여자 만나기는 정말 쉽다. 굳이 필자가 알려주지 않아도 스스로가 전문가일거라고 생각한다. 한 한국남자는 자기 원룸을 일본여자친구가 정기적으로 방문해서 몰래 청소, 빨래 다 해놓고 음식까지 차려놓고 간다고 한다. 물론 감사해 하기는 하지만 여자친구가 방문할 즈음에는 귀찮아져서 일부러 청소도 안하게 된다고 한다. 이렇게 아낌없이 다 주는 게 일본여자들의 기본적인 마인드다. 한국여자친구에게서는 받기 힘든 서비스다. 사실이 이러한 만큼 일본여자친구를 사귀게 되면 잘해주자.

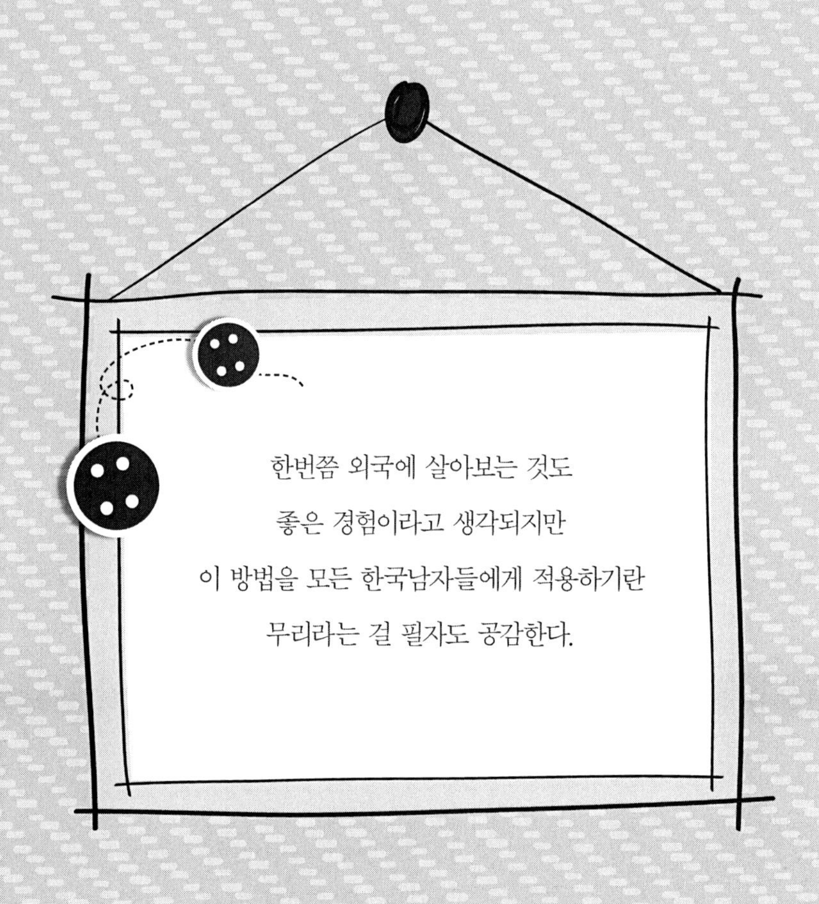
한번쯤 외국에 살아보는 것도
좋은 경험이라고 생각되지만
이 방법을 모든 한국남자들에게 적용하기란
무리라는 걸 필자도 공감한다.

일본에 여행 가서 만나기

★☆☆☆☆

처음 보는 낯선 상대에게 말을 걸거나 하는 행동에 익숙한 독자는 많지 않을 것이다. 사실 5가지 방법을 채우려고 넣었다. 4가지라고 하면 어감이 좋지 않기에 일본여행을 추가하여 5가지를 만들었다.

일본에 여행을 가서 여자친구를 사귀는 것이 전혀 불가능하지는 않다. 일본여자친구를 사귀고 있는 한국남자들 중 종종 이런 경우가 있다는 것이다. 한 남자는 일본 온천여행에 갔다가 우연한 계기로 옆에 있던 일본여자와 말을 하게 되었고 그렇게 인연이 되어 지금까지도 잘 만나오고 있다고 한다. 하지만 성공확률이 크게 낮으므로 추천하지는 않는다. 확률이 낮은 이유는 낯선 사람을 경계하는 일본사람의 성격 때문이다. 흔히 일본을 소극적인 A형의 사회, 한국을 적극적인 O형의 사회라고들 한다. 그래서 며칠이나 길어야 일주일 정도인 여행으로는 사귀기 힘들다. 일본사람들은 초면에 사람을 신뢰하지 않는다. 너무 헌팅하려고 일본에서 애쓰지 말자. 자칫 잘못하면 국가적 망신을 부를 수 있다.

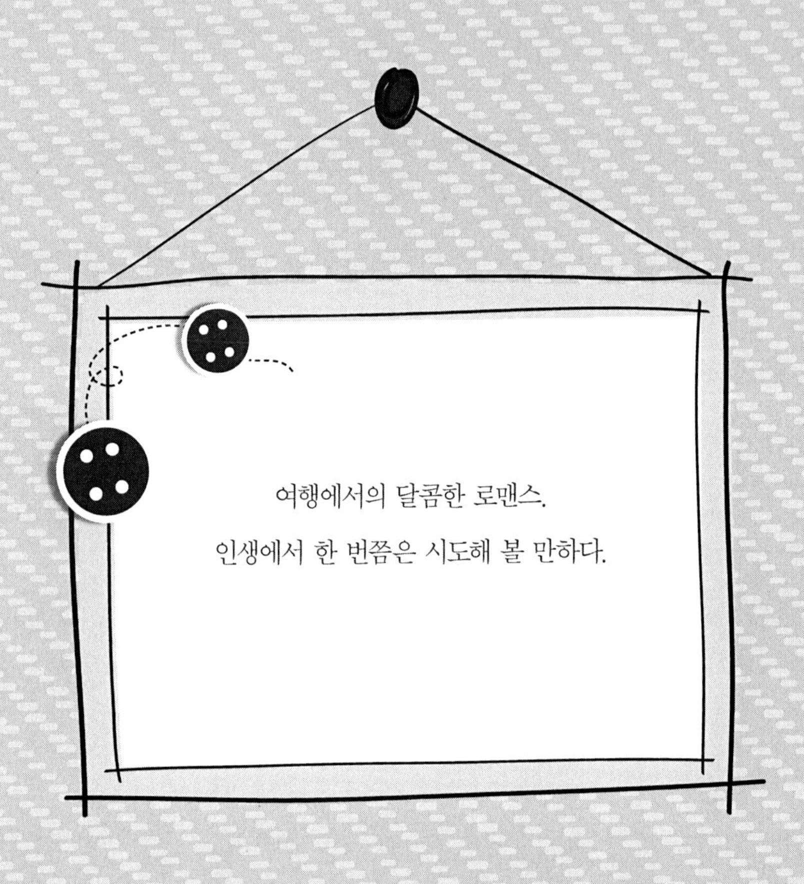

여행에서의 달콤한 로맨스.

인생에서 한 번쯤은 시도해 볼 만하다.

한국에 사는 일본여자 만나기

★☆☆☆☆

대학에 다니는 대학생이라면 교환학생으로 한국에 온 일본 여학생들을 심심치 않게 볼 수가 있다. 한국을 찾는 일본여대생들의 수가 증가세이긴 하지만 그리 많지 않은 게 현실이다. 그리고 국내 일본교환학생들의 치명적인 단점은 한국남자를 너무도 잘 안다는 것이다. 한국남자를 접할 기회가 많다보니 이 남자 저 남자 만나보면서 점점 한국여자의 마인드를 지니게 된다. 게다가 수많은 한국남자들이 일본여자를 원하지만 수요와 공급이 맞지 않아 이는 또 다른 레드오션을 불러올 뿐이다. 그리고 한국남자는 한국여자를 만날 때처럼 노예계급으로 떨어지게 된다. 이것은 우리 늑대들이 원하는 바가 아니다. 이 방법이 성공하려면 그 어떤 주위의 유혹에도 넘어가지 않는 올바른 일본여자여야만 한다.

국내에 일본인이 많이 거주하는 도시로는 서울과 부산을 들 수 있다. 서울의 대학가 주변에 일본인유학생들이 많이 있고 서울 용산구 동부이촌동에는 리틀도쿄라고 해서 5,000여명의 일본인이 모여 살고 있다. 하지만 대부분 직장문제로 서울에 온 일본 가장들과 이들을 따라온 아내와 아이들이다. 늑대들이 원하는 젊은 여성은 인구가 많지 않다. 최근 일본의 핵발전소 문제로 부산으로 이주한 일본인들이 많다고 하니 부산에 사는 독자들이라면 이 점을 노려보는 것도 괜찮을 수 있다.

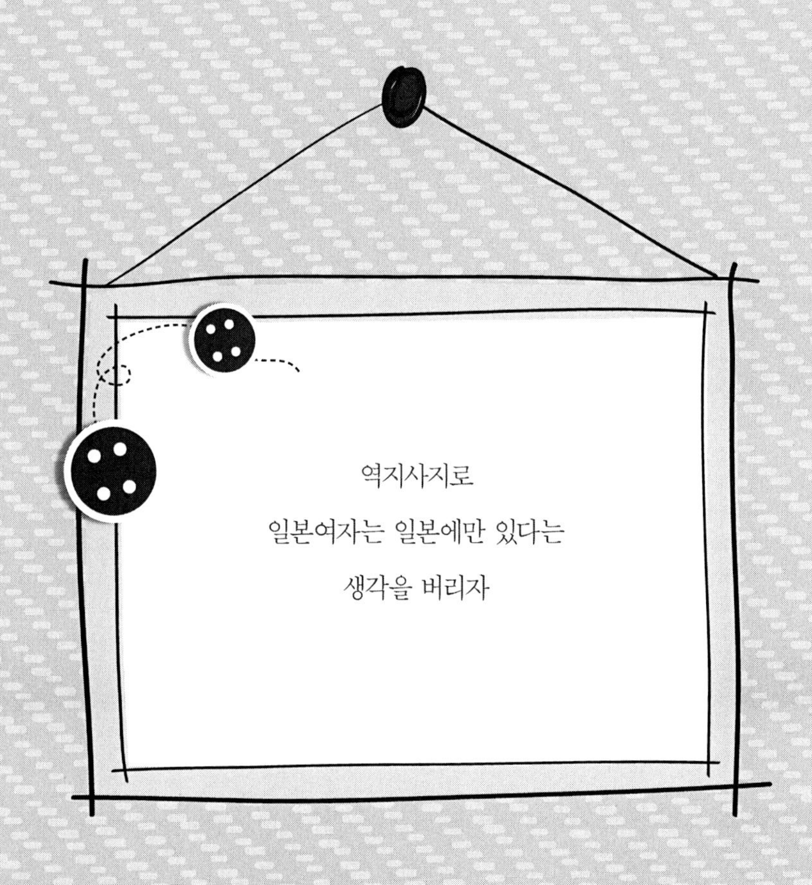

역지사지로 일본여자는 일본에만 있다는 생각을 버리자

어학연수

★★★★☆

이게 뭐란 말인가. 1번부터 3번까지 찬찬히 이 책을 탐독한 독자라면 의문에 빠질 수 있다. 1번부터 3번까지 어느 하나 쉬운 방법이 없다. 하지만 너무 걱정은 하지 말라. 1번부터 3번까지는 5가지 구색 맞추기를 위해 필자가 필력으로 동원한 방법일 뿐(그렇다고 절대 불가능 한 방법은 아니지만) 핵심은 이번 4번과 5번에 있다. 여기서부터는 진짜 중요한 내용을 다루게 되니 집중해서 읽어보자.

영어권 국가로 어학연수를 떠나게 되면 일본여자친구를 사귀기가 정말 쉽다. 일단 직접적으로 만나는 기회 자체가 많기 때문이다. 나라들로는 미국, 캐나다, 영국, 호주, 뉴질랜드, 필리핀 등을 들 수 있다. 각 나라별로 장단점을 따져보기로 하자.

첫 번째는 정통영어의 고장 영국이다.

영국으로 어학연수를 가게 된다면 교양 있는 정식 영어를 배울 수가 있다. 영국의 어학원에 가면 일본학생도 만날 기회가 꽤 있다. 다만 물가가 너무 비싸서 숙소나 생활비 같은 비용문제에 봉착할 수가 있다. 일례로 영국은 빵 하나에 우리 돈 만 원이라고 한다. 포기할 사람은 일찍 포기하자.

두 번째는 가까운 필리핀을 들 수 있다.

우선 교사 수준이 높다. 선생님들이 기본적으로 대졸학위를 갖추고 있고, 한 클래스 당 학생 수가 다른 나라에 비해서 현저히 적다. 1:4 수업은 기본이고 심지어 어느 어학원은 1:1 수업을 유지하는 곳도 있다. 이유는 필리핀의 저렴한 급여 때문이다. 필자는 필리핀 바기오에서 3개월간 스파르타식 학원에서 공부하였는데 필리핀 대학에서 교수로 재직하다가 월급이 너무 적어서 어학원 팀장급 교사로 오는 경우도 본 적이 있다. 그만큼 고학력자들이 한국계 어학원으로 몰려든다는 것이다. 그리고 우리에게 가장 중요한 일본학생들도 상당히 많은 수가 있다는 것이다.

그러나 학원별로 편차가 심하니 확인해보고 가자. 어떤 어학원은 학생의 대부분이 일본인이지만 어떤 학원은 대부분이 한국인이거나 중국인일 경우가 있다. 필리핀 클락의 어느 한 국계 어학원의 경우 학생의 90%가 일본인 학생인 경우도 있다고 한다.

필리핀의 단점으로는 어학원 내 기숙사 생활을 들 수가 있다. 아무래도 치안이 불안정한 나라이다 보니 어학원 내 기숙사 생활을 하는 것이다. 기숙사 생활을 하자면 기숙사 규칙에 따라야하고 저녁 10시까진 기숙사에 돌아와야 한다는 등 연애에 걸림돌이 될 수가 있다. 그리고 필리핀은 화려하고 음탕한 밤 문화가 너무도 발달되어 있어서 정작 일본여학생이 눈에 들어오지 않을 것이다. 스파르타식 학원이 아니라면 밤새 클럽에서 필리핀 여자를 대상으로 헌팅에 몰두하기 쉽다.

세 번째는 미국·캐나다이다.

이곳에서는 정말로 많은 일본학생들을 만날 수가 있다. 그러나 우리가 놓치기 쉬운 한 가지가 있다. 물가가 상대적으로 비싸고 가기 어려운 나라들인 만큼 당신보다 훨씬 잘살고 잘생긴 잘난 한국남자들도 많다. 상대적으로 접근이 힘든 것이다. 하지만 뚫을 자신이 있는 분들에겐 적극적으로 추천해주고 싶다.

마지막으로는 호주를 들 수 있다.

이 챕터에서 가장 추천해주고 싶은 나라다. 실제로도 가장 많은 일본여자친구들을 만날 수 있는 기회의 땅이기도 하다. 호주는 미국식영어와 크게 다르지 않은 백인영어를 배울 수 있는 동시에 워킹홀리데이로 일을 할 수 있다. 늘 용돈에 쪼들리는 가난한 대학생들도 도전할 수 있는 곳이다. 즉 한국남자라면 누구나 성공할 가능성이 매우 큰 기회의 땅이다. 가장 많이 이용하는 워킹홀리데이 비자를 중심으로 설명하기로 한다. 이 비자를 신청하게 되면 우선 2개월 정도는 어학원에 다니고 어학원을 졸업하면 식당이나 농장 같은 곳에서 아르바이트를 얻을 수 있다.

도시로 따지자면 호주 북동쪽의 케언즈라는 작은 휴양도시를 추천해주고 싶다. 케언즈는 일본인이 너무 많아서 거의 일본화 된 소도시다. 가보면 실제로 일본인도 많고 일본상점도 많지만 도시규모가 작다보니 워킹홀리데이로 호주를 방문한 어학연수생에게는 적절치 못하다. 그렇다면 시드니나 브리즈번 같은 대도시로 가자.

우선 어학원에 다니면서 많은 일본여자들과 친해지면서 자연스럽게 고백을 하고 사귀도록 하자. 그러고 나면 쉽게 동거로 이어지게 된다. 호주의 어학원은 필리핀의 그것과 완전히 다르다. 필리핀은 철저한 스파르타식 어학원이 많아서 아침부터 저녁 10시까지 야간자율학습을 시키는 곳까지 있다. 만약 스파르타식이 아니더라도 5시까지는 수업을 하기 때문에 자유시간은 저녁식사 이후로 제한된다. 하지만 호주의 어학원은 한국계 어학원이 아닌 대부분 호주인이 경영하는 회사가 대부분이다. 이 어학원들은 영미권의 방식으로 학생들을 학습시키기 때문에 학습량이 적다. 필자가 간 어학원은 아침 9시부터 시작해서 오후 1시에 모든 수업이 끝나는 형식이었다. 1시 이후에 갈 곳 없는 청춘남녀들에게 연애라는 것은 매력적인 아이템이다.

게다가 호주는 셰어하우스라는 특이한 주거문화가 있다. 즉 한 집을 소유하거나 렌트한 사람이 방 하나하나를 다른 사람들에게 렌트를 주어 살게 하는 방식이다. 즉 돈이 넉넉한 한 학생이 한 집을 렌트하고 남는 방들은 다른 학생에게 돈을 받고 빌려준다. 거실과 화장실, 부엌 등은 공유하는 형태이다. 대부분 일본여자친구나 한국여자친구를 사귀게 되면 이런 셰어하우스에서 동거하게 된다. 호주를 다녀온 여자와는 결혼하지 않는다는 말이 괜히 나오는 것이 아니다. 어느 결혼정보업체에 따르면 한국여자가 호주에 어학연수를 다녀왔으면 점수에서 감점이 들어간다고 하는 소문도 있다.

그러나 어학연수라는 것이 마냥 즐겁게 놀러가는 것이 아니기 때문에 필자는 필리핀과 호주의 연계과정을 추천하고 싶다. 필리핀의 스파르타식 학원에서 열심히 영어를 3개월 정도 배우고 나서 호주에서 아르바이트로 돈도 벌고 적당히 공부하면서 일본여자친구를 사귀는 것이다. 호주에서의 1년 동안 멋진 로맨스를 꿈 꿀 수가 있다. 유학원에 가면 필리핀·호주 연계과정이 많이 있으니 알아보길 바란다.

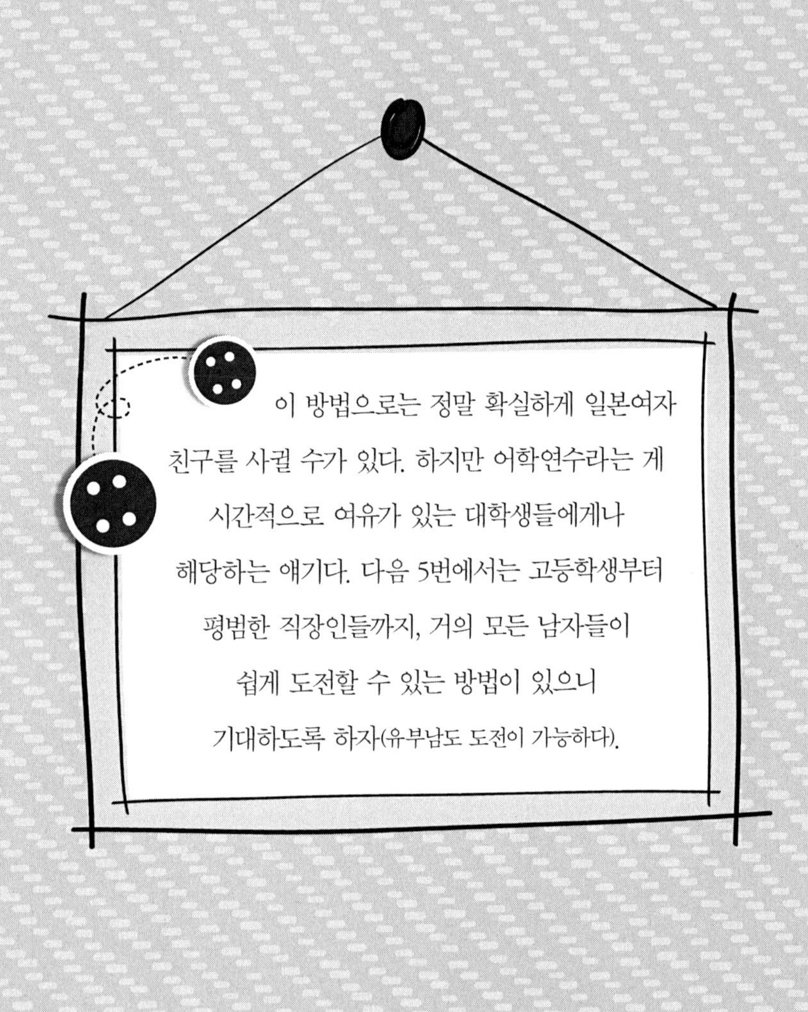

이 방법으로는 정말 확실하게 일본여자
친구를 사귈 수가 있다. 하지만 어학연수라는 게
시간적으로 여유가 있는 대학생들에게나
해당하는 얘기다. 다음 5번에서는 고등학생부터
평범한 직장인들까지, 거의 모든 남자들이
쉽게 도전할 수 있는 방법이 있으니
기대하도록 하자(유부남도 도전이 가능하다).

펜팔

★★★★★

드디어 때가 왔다. 본격적으로 필자가 추천해주고 싶은 방법이다. 필자가 여자친구를 만난 계기가 된 게 펜팔이기 때문이다. 가장 많은 페이지를 할애해 설명하고자 한다. 필자가 괜히 별 다섯 개를 주진 않는다. 필자는 별에 대해 굉장히 인색한 사람이다. 펜팔! 이 이야기를 하려고 이 책을 쓰게 되었다. 조언해주고 싶은 방법이 너무나도 많지만 이 책의 작은 페이지가 아쉬울 뿐이다.

많은 펜팔 인터넷 사이트가 있지만 이 책에서는 하이펜팔이라는 사이트를 중심으로 설명하고자 한다. 물론 다른 펜팔 사이트를 이용해도 좋다. 만약 하이펜팔이 한국인들 사이에서 유명해져서 사이트 자체가 남탕이 되어버린다면 다른 펜팔 사이트를 구글에서 검색해서 이용하도록 하자.

어쨌든 주소는 이렇다.

www.hipenpal.com

일단 들어가서 회원가입부터 하고 가장 자신 있는 사진 3장을 프로필에 등록하고 프로필에 자기소개를 10줄에서 20줄 정도로 해준다. 자기소개를 하는 것도 중요하나 사진이 제일 중요하다. 가장 잘나온 사진 3개를 추가해주자. 아무래도 초면에 제일 관심이 가는 것은 외모이다. 소개팅을 할 때에도 '예쁘냐?'고 주선자에게 제일 처음 묻질 않는가.

그 다음에는 예비 여자친구들을 검색하는 것이다. 검색조건에서 성별은 여자로 국적은 일본으로 하고 언어는 영어로 하자. 일본어를 잘 못하는 독자들은 영어를 선택하는 게 가장 좋다. 그렇게 검색된 여러 명의 일본여자 중에 마음에 드는 사진을 보고 클릭하면 해당 여자의 프로필을 볼 수가 있다. 프로필에 자세히 보면 주황색으로 된 '메일발송'이라는 버튼을 찾을 수 있다. 이 버튼을 이용하여 메일을 쓰게 되고, 그 메일이 마음에 들면 답장이 오는 식이다. 답장은 화면 상단메뉴 두 번째에 있는 메일함에서 확인할 수가 있다.

그럼 메일은 어떠한 내용으로 써야하는가가 독자들의 최대 관심사일 것이다. 사실 한국여자 만나듯이 어느 내용으로나 이야기해도 되지만 주로 간단한 자기소개 세 줄 정도에 혈액형에 관한 이야기를 하거나 일본에 여행을 가고 싶다는 등 처음엔 가벼운 주제가 좋다. 그리하여 답장이 온다면 꼬리에 꼬리를 물며 대화하면 되는 것이다. 답장이 오면 일본의 어느 지역에 사는지 물어보자. 세세한 주소보다는 어느 도시에 사는지만 물어보는 것이 좋다. 그럼 그 도시에 관해 궁금한 것이 많을 수 있다. 사찰이나 신사 같은 유명한 관광지에 대해 물어볼 수도 있고 맛있는 음식에 대해 물어볼 수도 있다. 학생이면 전공은 뭔지 물어보되 절대 다니는 대학의 이름은 묻지 말자. 도쿄대나 와세다대처럼 명문대학이면 좋겠지만 그렇지 않으면 일본여자의 마음에 상처를 입힐 수 있다. 우선 전공만 물어보자. 그 전공에 대해 재미있게 이야기할 수 있는 방법이 많다. 예를 들어, 전공이 심리학이면 나의 마음을 분석하지 말라는 등 재미있게 이야기를 풀어 나가보자.

처음 메일을 보낼 때 영어 일본어 한국어를 적절하게 섞어서 보내자. 일본어를 잘 못하는 경우에는 간단한 인사말 정도만 번역기로 번역해서 한 줄만 이용하자. 처음에는 일본어를 쓰는 것이 좋다. 일본어로 영어나 한국어를 할 줄 아는지 물어본 후 영어를 할 줄 알면 그 다음부터는 영어를 사용하는 것이 좋다(일본어에 능통한 독자가 아니라면). 50% 이상의 일본여성이 영어를 이해한다. 대학생의 경우 영미권으로 어학연수를 다녀온 학생이 많기 때문에 은근히 영어를 잘하는 학생도 많을 것이다. 단 영어나 한국어를 전혀 못하는 여자를 만난다면 번역기를 이용하도록 하자.

또한 너무 많은 여자들과 동시에 메일을 주고받는 것은 실수를 부를 수 있다. 혈액형이 O형이라고 이미 알려줬는데 다른 여자와 헷갈려 A형이라고 잘못 알고 있었다가 실수한다면 그 다음날로 연락이 끊길 것이다. 처음에는 두세 명의 여자들과 간단히 메일을 유지하는 것이 좋다. 그러다가 깊은 관계에 들어선 한 명의 일본인 친구가 생긴다면 자신에게 오는 새로운 메일은 무시하도록 하자. 일본인 친구가 다른 예쁜 일본여자인 척 가장을 하고 당신의 사랑을 확인하려 미끼메일을 보낼 수도 있다.

메일 예문

이 장에서는 실제 메일을 어떻게 보낼지, 답장을 받는다면 어떤 반응을 보여야 할지 공부해보자. 네이버 같은 포털사이트에 일본어번역기를 검색하면 무료로 번역기를 이용할 수 있으니 알아두자.

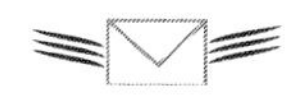

안녕하세요.

○○才の男です。

(○○살의 남자입니다)

会社に行っています。

(회사에 다니고 있습니다)

仕事は楽しいです。しかし、私は非常に楽しいです。

(일이 힘들지만 즐겁게 일하고 있습니다)

英語や韓国語をですか?

(영어나 한국어를 할 줄 아나요?)

あなたは今まで知らなくて、日本語で書かれています。

(혹시 몰라서 일본어로 메일을 쓰게 되었습니다.)

日本語は1年ぐらい調査して知らない。

(일본어는 1년 정도 공부하였고 잘 하진 못합니다)

友達になりたいと思います。

(친구가 되고 싶습니다)

일본은 우리와 달리 만나이로 나이를 계산한다. 생일 전 후에 따라 나이가 달라지니 주의하자.

Can u speak in English?

私は○○歳の韓国男性です。

(나는 ○○세의 한국 남자입니다)

ああ、数日後、○○です。

(아, 며칠 후, ○○입니다)

良い友達にされている場合があります。

(좋은 친구가 되고 싶습니다)

大学の時に日本語を少し勉強しました。

(대학 때 일본어를 조금 공부했습니다)

日本に住んでいます。冬に日本に行きたいと思います。

(일본에 살고 있나요. 이번 겨울에 일본에 여행 가고 싶습니다.)

韓国は、あまりにも寒いんですよ。-13 dgree?:(

(한국은 너무 춥거든요. -13도까지 떨어집니다 :( )

ああ、血液型?

(아아, 혈액형은 무엇인가요)

한국어나 영어를 가르쳐 준다고 하며 접근하자. 일본어를 배워보고 싶다고도 얘기 해보자.

こんにちは

私は韓国の○○○と申します

(저는 한국의 ○○○란 남자입니다.)

日本語は4ヶ月くらい勉強して、まだよく分かりません。

(일본어는 4개월 정도 공부하였고 잘하지는 못합니다)

学校で一科目のみ受講したんですよ

しかし、英語は自信があります

(학교에서 한과목만 수강했거든요. 하지만 영어는 자신 있습니다)

hi-penpalに加入して

リストから見て連絡!!

(하이펜팔에서 보고 연락드렸습니다)

日本語をもっと学んで見たいです

(일본어를 배워보고 싶습니다)

韓国語や英語教えてくれることができます

(한국어나 영어를 가르쳐 줄 수 있습니다)

때로는 이런 간단한 두 줄만으로도 상대방의 호기심을 불러 올 수 있다.

아… 아름다우시군요.

う、、、うすくしです。

결과가 안 좋을 수도 있지만 30%의 경우엔 매우 긍정적인 답변이 나온다.

상대방이 펜팔과 함께 영어를 공부하고 싶다고 프로필에 적혀 있으면 아예 영어로 보내보자.

Hello Tokyo girl?

This ○○○○ from South Korea.

I'm ○○ years old, and I like studying Japanese.

I studied English in America and Australia,

so I believe that I can teach how to speak English.

I hope to be a nice friend each other.

I've never been to Japan, and I'm curious abt Tokyo.

I heard there are so many beautiful sites in Tokyo.

How's the weather there. Korea is getting colder and colder.

I want to visit Japan in winter, cuz Korea is too cold.

Its about minus 13 dgrees celcious.

I hope I can receive ur mail.

バイバイ~

아니면 대담하게 한글로 치고 나가보자. 그리고 말미에 영어나 일본어로 한글로 쓴 이유를 설명하자.

안녕하세요.

저는 ○○○입니다.

나이는 ○○이구 회사에 다니고 있습니다··*

많은 친구들을 만나고 싶어요.

어제 hipenpal 시작해서 목록 보고 메일 보냈어요.

좋은 친구가 되었으면 하네요~

Ah··· If u cannot understand Korean,

Plz let me know.

I can speak English, and I can use japanese translator if you want;)

일본여자들의 답장의 예시

ソウルはよく行きますけれど、釜山は遠いので行ったことないですね。京都はいいですね。東京も色々ありますょ。(*^^*)ラインもししていたら○○○○○○に連絡ください。

번역 : 서울은 자주 갑니다만, 부산은 멀어서 가본 적이 없네요. 교토는 좋네요. 도쿄도 좋아요. (* ・ ・ *) 만약 라인 하고 있으면 ○○○○○○를 아이디로 추가해주세요.

다음은 '아름다우십니다!'라고 일본어로 한 줄만 보냈을 경우에 주로 오는 답장이다. 이런 답장을 받는다면 혈액형이나 사는 도시를 물어보면 메일을 계속 이어나가기가 쉽다.

美人ではないですが…

よろしくお願いします♪

번역 : 미인은 아니지만 잘 부탁드립니다.

간혹 한글로 답장이 오는 일본여자도 있다.

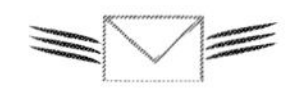

감사합니다.

한국어는 인사 정도밖에 아직 몰라요(>_<). 알려 주세요.

英語は話せません。

日本語が上手ですね。

もうすぐ、誕生日ですか?

韓国の冬は日本より寒いと聞きました。

冬に日本へ旅行良いと思います。

私は、韓国へ行きたいですが(>_<)

11月頃も寒いですか?

번역 : 영어를 못합니다.

일본어 잘하네요.

곧 생일이에요?

한국의 겨울은 일본보다 춥다고 들었어요.

당신이 겨울에 일본에 여행 오면 좋겠습니다.

저는 한국에 가고 싶지만(>_<)

11월도 추워요?

내 메일이 마음에 들면 먼저 메신저 아이디를 물어보기도 한다.

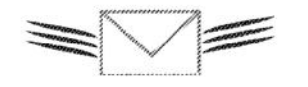

AAA type! wow for example?

I've been to South Korea twice.

Only Seoul.

Of course not North Korea. haha.

Do you have kakao talk?

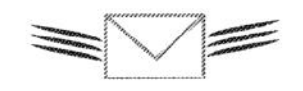

返信ありがとうございます☆

血液型はAですよ。

韓国のどこに住んでいますか?

私は名古屋に住んでいます。

分かりますか?^^

번역 : 답장 감사합니다☆ 혈액형은 A예요. 한국의 어디에 살고 있습니까? 나는 나고야에 살고 있습니다.

점점 일이 잘 풀리는 경우 편지는 장문이 된다.

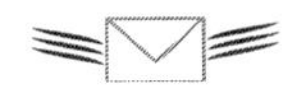

○○ 씨 안녕~··

일 끝났어요.

나 오늘은 오랜만에 쇼핑에 갔어요.

구두가 정말 좋아요*··*

하지만 운명의 구두를 만나지 않았어요.

Are you getting cold?

Oh··· plz take care of you.

Shall I bring the healthy food like hot rice(죽) using FedEx?:)

Sorry not be able to do that.

If I catch a cold, I suppose the reason of your mail. Hehe.

It becomes getting cold in Korea.

In Japan, although its still hot

but it was 30degrees today

so feeling is cooler than usually.

BTW about my English skill…

It's not good i think.

Have to study harder than now.

I don't use English usually.

Now I'm interested in Korean more than English.

ふうー。

지금부터 집에 돌아가고 저녁식사를 만들게요.

오늘은 야채를 많이 먹고 싶어요~~

사진은 최근 만든 요리예요.

메일을 여러 번 주고받은 후 자신이 유부녀임을 밝히는 황당한 메일도 있다. 주의하자.

〈메일〉

Thanks a lot of photos.

Especially I like the style of suit.

Your 3rd photo is soooo nice! :)

It's very cool. I like it!!

How are you tall?

It looks very tall that photo.

I'm 163cm. Weight is secret.

You make me comfortable

because you said to me

Nice, good , not fat etc…

But but but I don't have a confidence.

I have to tell you seriously.

In fact I've already got married 3 years ago.

I'm very sorry delay for telling you about it.

My first purpose to start in this penpal site

was making foreign friend.

I know that If I've married or not, you don't care of it.

But you sent a mail me and I found of you

I have to say that my life, job etc.

because you are becoming my friend.

So I told you true.

Now I'm worry about my husband into my feeling.

I had a worst experience.

So I can not believe my husband.

There are a lot of reasons of him.

I don't know whether keep this relationship

with my husband or divorced.

I don't know you have a girl friend now.

I have to tell you if you are free and looking for GF.

Are you angry with me?

Or disappointed me?

If you felt not good I am very sorry.

I apologize you.

I want to keep this relation with you

such a mail friend and Meet in Japan

and Korea as a deeply great friend.

I don't know the future.

Just I hope be good relationship no having secret with you.

How do you think?

I want to know about your opinion.

Please sleep well.

Talk to you soon.

Sweet dream!!

사진이 날씬해 보인다고 하면 좋아한다.

Hehe. 내 이름은 ○○.

How should I call you?

What's your nickname??

Nooooo

I have to do dieting.

Just photo looks good cause its photo!!;;

I like watching movies and sports,

cooking,shopping and Korean food.

Especially hot food:)

김치와 고추장이 좋아요··

Your blood type is also A.

I am also said "you must be A" by friends.

One of reason is what I like to clean.

But my character is quiet I think:)

Jut want to say Quiet means not 静か。

穏やかです。

How about your character?

한국어를 배우고 싶은 일본여자의 답변이다.

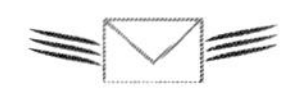

Thank you for your msg :)

Let's be penpal friends. You dont need to use Japanese translation cuz i can speak in English. But I'm trying to learn Korean so teach me Korean please.

If you have LINE, tell me your id :)

다음과 같은 새로운 답장을 써보자 “내 메신저 아이디를 일본여자에게 준 건 네가 처음이다”를 은연중에 암시하기 위해 일부러 자신의 아이디가 생각나지 않는 척하면 좋은 결과를 맺을 수 있다.

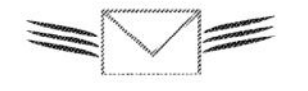

한국말을 할 수 있어요?ㅋㅋㅋ

韓国語をびんきょうですか。

If you have a kakao or line

Talk to me plz:)

iD : 0000000 Or… 1111111

;;; sorry ...I joined too long time ago. Maybe my id is one of them ㅠㅠ

오늘이 내 생일이라며 은근 슬쩍 메신저 아이디를 물어봐 보자.

私は.今日は私の誕生日です。

誕生日プレゼントとして line ID を教えて下さい。

お願いします, 미인 san.

번역 : 오늘이 내 생일입니다. 생일 선물로 line ID를 가르쳐주세요.

부탁합니다, 미인 씨.

기본적인 접근방법을 배웠으니 다음 장에서 효과적으로 일본여자를 유혹하는 방법을 차근차근 알아가 보자.

하루 7통 이상
메일을 보내지 말라

중요한 것은, 프로필의 사진만 예쁘다고 무작정 메일을 보내서는 안 된다는 점이다. 메일을 보내기 전에 우선 따져야 할 것들이 있다. 일반적인 한국남자들은 당연히 얼굴 예쁜 여자들에게 수백 통씩 메일을 보내게 될 것이다.

'이중에 하나만 걸려라' 하는 간절한 마음으로 스팸처럼 보내게 된다. 하지만 하이펜팔에서는 하루 7통 이상 낯선 상대에게 메일을 보내게 되면 이 사람은 당신 말고도 수많은 사람들에게 집적거리고 있으니 주의하라는 메시지도 같이 메일에 보내준다. 스팸메시지를 보내는 남자들이 얼마나 많았으면 이런 보호 장치까지 마련해두었겠는가.

그러므로 주의하자. 당신에게는 하루 6번의 기회밖에 없고, 프로필이 예쁜 여자는 많다. 무작정 메일을 보내지 말고 이 장을 꼼꼼히 읽어보자.

인내심을 가지고 이 책에서 설명하는 여러 가지의 조건에 부합하는 여자를 고르도록 하자. 그러면 당신의 성공률을 현저하게 높일 수가 있다.

◑ 낯선 사람에게 하루에 7회 이상 메일을 송신할 경우

상대방이 보는 내 메일에 추가되는 메시지 ◐

이 글은 1일간 7명 이상의 처음 보는 펜팔친구에게 메일을 발송하는 경우에 나타나는 메시지입니다.
이 사람은 하루 동안 처음 보는 펜팔친구 ○○명에게 메일을 보냈습니다.
스팸메일의 가능성이 있으므로 주의바랍니다.

사진발을 주의하라

일본여자들의 프로필을 들여다보면 스티커사진 기계에서 찍은 사진들을 쉽게 볼 수가 있다. 일본에서는 푸리쿠라(Print Club을 일본식으로 발음한 것. 원래는 푸린토 쿠라부인데 줄여서 푸리쿠라라고 읽는다)라고 불리는 기계인데 이 기계가 사기성이 정말 뛰어나다. 400엔 정도를 넣고 사진을 찍으면 기계 자체에서 알아서 사진을 수정해주는데 (일명 포토샵) 기술 수준이 정말 일본답다. 한국에선 수작업으로 진행해야 하는 포토샵 기술을 기계가 알아서 인공지능으로 진행해버린다. 아무리 추녀라도 이 기계로 사진을 찍으면 단번에 연예인이 되어버린다. 많은 일본여자들이 프로필에 이 사진을 올리니 주의하자. 만약 프로필에 푸리쿠라 사진 한 장만 달랑 올라와 있다면 이 여자는 외모에 자신이 없는 게 틀림없다. 얼굴에 자신이 없어 일본 내에선 도저히 안 되겠으니 한국남자라도 인터넷으로 꼬셔보자 하는 심보이니 독자들은 주의하도록 하자.

프로필을 검색하다 보면 사진이 없는 프로필이 많음을 알 수 있다. 일본인 성격상 자신의 사진을 공개하지 않는 사람이 많기 때문이다. 사진이 없는 프로필에 메일을 보내보는 것도 좋은 시도이다. 대부분의 한국남자는 프로필에 사진이 없는 여자에게는 메일을 보내지 않기 때문이다. 얼굴이 정말로 예쁠 수도 있지 않겠는가.

프로필의 조회 수에 주목하라

프로필을 자세히 들여다보면 이 프로필을 몇 명이나 이전에 방문했는지 횟수를 볼 수가 있다. 예전에 유행하던 싸이월드 홈페이지의 조회 수와 같은 기능이다. 이 조회 수가 상당히 중요한데 일단 조회 수가 1,000이 넘어가는 여자에게는 메일을 보내지 말자. 1,000이 넘어간다는 자체가 수많은 한국남자들이 메일을 보냈다는 얘기고, 일본여자 본인도 많은 메일 자체를 즐긴다는 의미이다. 한국남자들을 많이 접해보다 보면 점점 한국여자처럼 되어서 콧대가 높아지고 아무리 잘해줘도 고마워하질 않는다. 그러므로 아무리 얼굴이 예쁘더라도 조회 수가 너무 많으면 메일을 보내지 말자. 이미 한국남자친구가 있거나, 아니면 많은 사람과의 메일을 즐기는 여자이다.

반면 조회 수가 1~200 정도라면 당신에게 가장 좋은 찬스가 될 수 있다. 최대 500을 넘지 않는 프로필만을 대상으로 하자. 이런 프로필은 가입한지 며칠 안 되는 새내기 회원들이다. 게다가 얼굴까지 예쁘다면 메일을 마구 보내자. 답장을 보내줄 확률도 높고 아직 한국남자에 대해 전혀 모르기 때문에 당신에 대한 호기심이 굉장히 클 것이다. 이러한 프로필만을 골라서 메일을 보내는 것이 가장 중요한 포인트이다. 필자를 믿어라. 이 부분이 이 책의 핵심이다.

K-POP이 너무 좋아요

한국대중음악의 발전으로 인해 우리나라의 인기가요는 외국에서 인기가 높다. 일본에서도 마찬가지로 어린 10대와 20대들이 한국의 노래에 푹 빠져있다. 그중에서도 빅뱅이나 카라가 인기가 많다. 그러나 한국의 K-POP에 너무 빠져있는 일본여자도 우리들의 기피대상 중 하나다. 한국남자아이돌에 너무 심취한 일본여자는 한국의 빠순이(일부 한국의 팬들을 비하하려는 의도는 없습니다.)들과 비슷하다. 아이돌에 빠지는 자체가 심리학적으로 자기 자신에 대한 자신감이 없어서 그런 건데, 이런 친구들과 얘기해봤자 무슨 그룹의 누가 멋지더라 하는 얘기만 끝없이 반복될 뿐, 여자친구를 만드는 데 아무 도움도 안 된다.

아무리 그 여자가 예쁘더라도 깨끗하게 포기하자. 계속 관계를 지속해 봤자 당신의 머리만 아플 뿐이다.

정상적으로 K-POP을 좋아하고 적당히 즐기는 여자들을 만나자. 혹시 프로필에서 K-POP에 대한 이야기가 너무 많다면 메일을 아예 보내지 말자.

알고 보니 유부녀?
어느새 나는 가정파괴범

다음은 필자가 실제로 겪은 이야기다. 하이펜팔을 시작한지 얼마 안 되어서, 얼굴이 예쁜 어느 한 일본여성과 메일을 주고받게 되었다. 메일과 주고받으면서 카카오톡 아이디를 서로 주고받았고 모든 일이 순조롭게 풀리고 있었다. 그러다가 필자가 고백하기 직전에 여자가 내뱉은 한마디.

"난 유부녀인데 괜찮겠어?"

그렇다. 이 일본여자는 이미 결혼까지 한 유부녀이다. 결혼을 하였으나 어떤 이유에서인지 결혼생활이 순탄치 못하여 펜팔사이트로 한국남자들을 홀리는 것이다. 순간적으로 평범한 일본가정을 어지럽히는 가정파괴범이 되어버린 것이다. 이런 유부녀들과 한국의 솔로들이 만난다면 그렇게 궁합이 좋지는 않다. 마음속의 죄책감도 문제지만, 정상적인 일본여자들은 결혼을 하면 이런 펜팔 사이트를 이용하지 않는다. 유부녀는 사양하기로 하자. 예쁘고 어린 일본여자가 얼마나 많은데 굳이 유부녀를 우리가 만나야 하는가. 다만 바람을 피우고 싶은 한국의 유부남들이 솔깃해 할 수도 있다. 만나고 말고는 본인의 판단에 맡기겠다. 한국의 유부남들은 이 책을 읽지 말아줄 것을 부탁드린다.

모든 일에는 순서가 있는 법

제1부에서 이미 말했지만 일본은 소심한 A형의 사회이고 한국은 적극적인 O형의 사회이다. 조심성 많은 일본인의 성격상 한국처럼 하루만에도 사이가 급진전 되어 커플이 되거나 하는 경우는 거의 없다. 순서대로 차근차근 조금씩 신뢰를 쌓아 나가야 하는데 처음에는 이게 어려워 보일지는 몰라도 이렇게 사랑을 만들어 나가면 나중에 시련이 닥칠 때 신뢰가 쉽게 무너지지 않아 오래오래 안정적인 사랑을 해 나갈 수가 있다. 그러니 일본여자와의 진도가 늦다고 너무 급해하지 말자. 나라가 다르니 사랑의 방식도 다른 것이다.

메일 주고받는 것을 충분히 하지 않고 바로 카톡이나 라인으로 넘어간다면 중간에 할 말이 없어져 말이 끊기는 뻘쭘한 상황이 오게 된다. 필자가 추천하는 방식은 이렇다. 처음에 메일을 일주일이나 이주일 동안 서로 주고받다가 다음 단계인 메신저(카카오톡 또는 라인)로 대화하고 또 이후에는 메신저 음성메시지, 인터넷전화(카카오톡의 경우 보이스톡), 화상전화(아이폰의 경우 페이스타임 어플) 순서로 일정한 시간간격을 두고 대화하는 방식을 바꾸는 것이다. 각 단계별로는 충분한 시간이 필요한데 다음 그림과 같이 단계를 바꿔보면 좋다.

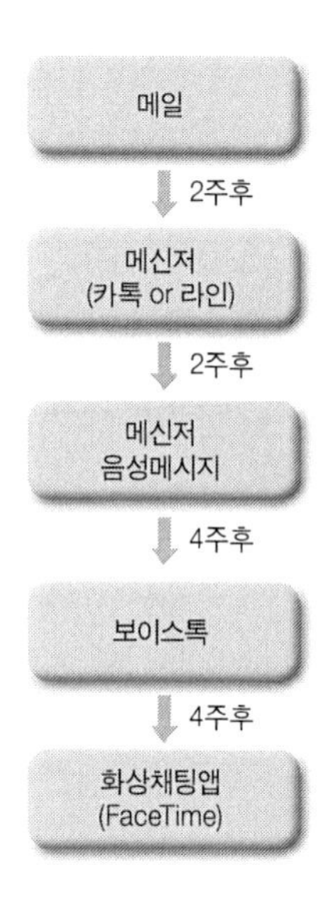

스마트폰에서는 일본어와 한자입력 키보드를 추가 할 수 있다. 일본어와 간단한 한자를 쓸 줄 안다면 사용해보자.

음성메시지의 경우 카톡이나 라인의 대화창 내에서 짧은 음성메시지를 녹음해서 보내주는 기능을 말하는데 이 기능을 이용하면 연애가 상당히 재미있고 연애 진도를 빼기도 쉽다. 메신저에서 대화 주고받기가 익숙해진 후에 "안녕~" 같은 인사말부터 시작해서 마지막엔 노래 한 곡을 육성으로 녹음해서 보내준다면 일본여자의 마음을 사로잡을 수 있다.

그러나 "사랑해" 또는 "아이시떼루"라는 말을 남발하지는 말자. 일본인들은 사랑한다는 말을 연인끼리도 거의 하지 않는단다. "아이시떼루"란 말은 드라마나 영화같은 데서나 쓰는 단어이지 일상생활에서 쓰이는 단어가 아니다. 그 대신에 "좋아해" 또는 "스키데스"라는 말을 사용한다. "사랑해"란 말을 너무 많이 사용하게 되면 다른 여자에게도 "사랑해"를 남발하는 바람둥이로 이해할 것이다. 이 점 조금만 주의하면 될 것이다.

그리고 화상통화의 경우 페이스타임이 제격이다. 일본은 아이폰을 가지고 있는 사람이 많다. 아이패드라도 있으면 화상통화를 하는 데 금상첨화다. 안드로이드 계열이라면 화상통화 어플이 다양하니 원하는 것을 사용하기로 하자. 서로 얼굴을 마주보고 이야기한다는 자체가 연애에 있어서 상당히 설레는 일이다. 하지만 최종 마무리 단계이기 때문에 보이스톡이 충분히 익숙해진 후 진행해보도록 하자. 차근차근 그림에 맞게 시간간격을 두고 적용해야 한다.

내 프로필 사진이 문제라구요?

이 책에서 가르쳐 주는 방식으로 많은 일본여자들에게 메일을 보내봤지만 답장을 한 장도 받지 못한다면 당신의 사진에 문제가 있는 것이다(터키여자에게서 몇 통의 메일을 받을 가능성은 있다. 하지만 우리 목표는 터키가 아니라 일본이다. 마음 약해지지 말자).

얼굴이 못생겨서 그랬다기보다는 당신의 패션이 맘에 안 드는 것이다. 다른 옷을 입은 사진을 올려보거나 헤어스타일을 한번 바꿔보는 것도 좋다. 개인적인 의견으로는 머리를 짧게 잘라서 위로 올리는 스타일 보다는 머리가 좀 길고 이마 아래로 늘어뜨리는 남자머리를 선호하는 것 같다. 옷도 알록달록한 등산복은 절대 입지 말자. 대한민국 국토의 70%가 산악지형이라 히말라야 산맥에서도 통할 값비싼 등산복을 즐겨 입는 알록달록 패션리더 한국남자들을 일본여자들은 이해하지 못한다.

또한 힙합정신으로 후드티의 후드를 쓰고 다니지 말자. 일본에서는 후드를 쓰는 것이 좋은 패션은 아니다. 스웨터나 단추 달린 셔츠들을 문안하게 단정하게 입는 것도 하나의 방법이 될 수 있다. 정 모르겠으면 일본여자와 대화하며 뭘 입어야 할지 패션에 대해 질문을 해보자. 처음에는 어른이 뭐 그런 걸 묻느냐며 당황해 하겠지만 곧 자신이 좋아하는 남자스타일의 옷을 추천해주게 된다. 남자는 모름지기 패션의 권한을 여자에게 맡기는 편이 좋다. 남자만의 생각으로 고른 패션은 괴상하기 짝이 없다.

문자 답장이 늦는 이유

한국과는 다른 일본의 메신저 문화를 설명할 필요가 있어서 이번 장을 쓰게 되었다. 우리나라의 경우는 문자를 보낸지 적어도 세 시간 이내에는 답장을 해주는 것이 예의이다. 성격 급한 사람은 답장이 오 분만 늦어져도 전화를 하는 등 화를 내는 경우도 있다. 하지만 일본사람들은 하루 종일 답장을 해주지 않는 경우도 허다하다. 바쁘면 늦게 답장해도 괜찮다고 생각하는 것이 일본사람들의 일반적인 견해이다. 그러므로 문자 답장이 늦어진다고 너무 걱정하지 말자. 당신에게 호감이 있다면 반드시 답장하게 되어있다.

문자 답장을 못하는 이유로 일본의 직업정신을 들 수가 있다. 일본인은 아르바이트라도 하게 되면 절대로 문자를 보낼 시간도 없고 직장상사나 아르바이트 점주가 절대 가만 놔두질 않는다. 일본의 아르바이트 시급은 보통 800엔에서 900엔대 사이이다. 한국 원 화로 만 원 정도인데 일본 물가가 보통 한국의 1.5배라고 가정하면 꽤 큰돈이라고 생각할 수 있다. 뭘 그렇게 많이 받느냐 하겠지만 일본의 일 문화 자체가 한국과는 다르다. 일본여자친구가 한국의 편의점에 가서 깜짝 놀랐던 적이 있다. 편의점 점원이 계산하는 손님이 없자 카운터의 의자에 편히 앉아서 쉬고 있었던 것이다. 일본에선 이런 걸 이해하지를 못한다. 일하는 시간에는 반드시 서 있어야 하며 손님이 없으면 청소를 하거나 상품진열대를 정리해야 한다. 식당에서 아르바이트를 할 참이면 손님이 없어도 계속 닦은 식탁을 또 닦는 일이 있더라도 일을 쉬면 안 된다. 이렇게 힘들게 일하는데 당신에게 문자를 보낼 여유가 있겠는가.

문자 답장이 느린 또 하나의 이유를 꼽자면 일본 내 통신망의 문제를 들 수 있다. 일본은 우리나라보다 세 배 가까이 국토의 면적이 넓고 주로 산악지형으로 이루어져 있다. 그러다 보니 외진 산골로 들어가면 통신망 상황이 원활하지가 않다. 온천 같은 시설은 대부분 이러한 교외에 있는데 정말로 메신저 보내기가 쉽지 않다. 괜한 오해로 여자친구의 눈물을 보지 말자.

본격 여자친구로 굳히기!
고백의 타이밍

때가 왔다. 한 일본여자와 지속적으로 연락을 했다면 이 여자가 날 좋아하는 건지 아니면 그냥 친구로서 계속 지내고 싶은지 의문점이 들 것이다. 이를 확인 할 수 있는 비법을 필자가 알려줄 테니 걱정하지 말자. 매일 연락하며 보이스톡도 하고 화상전화로 곧 잘 하는 사이가 되면 어느 날 갑자기 펜팔 사이트에서 본인의 프로필 내용을 다 지우고 다음의 한 문장을 써놓도록 하자. 번역기를 이용해서 일본어로도 써놓자.

"좋은 친구를 만났기 때문에 더 이상의 펜팔친구는 필요하지 않습니다."

그리고 다음날 프로필을 이렇게 바꾸었다고 일본펜팔친구에게 알려주자. 그리고 거기에 대한 반응은 두 가지로 갈릴 것이다.

첫 번째로 정말 감동을 받으며 자신의 프로필에도 같은 내용을 써놓겠다고 하는 유형이다. 당신을 정말로 좋아하는 일본여자가 생긴 것이니 안심하고 예쁜 사랑을 이어나가자. 이런 말을 듣는다면 당신은 이 책을 읽은 보람이 있다. 일본여자친구를 사귈 능력이 충분하다는 것이다. 필자의 펜팔친구도 큰 감동을 받고 아예 펜팔사이트 회원탈퇴를 해버렸다. 그리고 나의 여자친구가 되었다.

두 번째는 시큰둥한 반응이다. 왜 그런 말을 썼느냐, 그게 나랑 무슨 상관이냐는 식이다. 너는 다른 일본여자를 만나도 된다. 이런 식의 반응이 나온다면 곤란하다. 이 여자는 당신에게 큰 생각이 없다. 빨리 포기하고 다시는 연락을 하지 말자. 다른 예쁜 여자들에게 메일을 보내기 시작하자.

내 여자의
미모가 궁금하다

일본펜팔친구와의 관계가 어느 정도 큰 진전이 있어서 이 여자는 내 여자친구가 될 가능성이 크다고 생각된다면 이 일본여자의 미모가 궁금할 것이다. 여자가 많은 사진을 프로필과 메신저를 통해 보여줬겠지만 그건 여자가 고른 사진이다. 다시 말해 보여주고 싶은 잘 나온 사진만 보여줬다는 얘기다. 그렇다면 객관적인 사진을 볼 수 있는 기회가 있다. 대부분의 일본여자는 소셜 네트워크인 페이스북을 이용하고 있다. 페이스북에서 친구추가를 하게 되면 그 여자의 사진첩을 볼 수가 있다. 여기서 여자가 올린 사진이 아닌 태그된 사진을 보도록 하자. 태그사진은 본인이 업로드 한 사진이 아닌 다른 사람이 이 여자를 찍은 사진을 올린 거라 객관성이 유지된다. 이러면 객관적인 시점에서 찍힌 사진을 감상할 수가 있다.

그렇다면 평균적인 일본인의 외모는 어떨까. 우리나라 사람들과 굉장히 닮아 있지만 찬찬히 뜯어보면 다른 점도 상당히 눈에 띈다. 인종적으로 접근하게 되면 한국인은 북방에서 말을 타고 내려온 북방계 민족과 남방에서 배를 타고 한반도에 온 남방계 민족의 혼혈로 이루어져 있다. 북방계의 특징은 피부가 희고, 키가 크며, 광대뼈가 발달해 있고, 쌍꺼풀이 없으며, 몸에 털이 적고, 성격이 급하다는 것이다. 반면 남방계는 눈에 쌍꺼풀이 짙고, 피부가 어두운 색이며, 몸에 털이 많고, 광대뼈가 작으며, 키가 작고, 성격이 급하지 않고 치밀한 생각을 하는 편이다. 한국인은 이 북방계와 남방계 민족이 9:1의 비율로 이루어져 있다고 한다. 그러나 일본은 해양세력이 상대적으로 강해 이 비율이 7:3이라고 한다. 그래서 일본인은 남방계의 특성을 많이 가지고 있다. 여자의 경우는 키가 작고 피부가 어두운 사람이 많으며(물론 북방계 유전자를 많이 물려받아 흰 사람도 있다.), 가슴이 상대적으로 발달했고, 몸에 털이 많은 것이 특징이다.

외모에 대한 인식 또한 한국의 그것과 크게 다른데 일례로 한국의 대표미인 김연아 선수는 일본에서 예쁜 얼굴이 아니다. 오히려 무섭게 생긴 얼굴이라고 한다. 김연아는 전형적인 북방계 미인이다. 비교적 좌우로 깊이 찢어진 눈매에 일본사람들은 날카로움을 느낀다고 한다. 왜냐하면 대부분의 일본인들은 두터운 쌍꺼풀을 지니고 있기 때문이다. 이러한 문화의 차이로 한국에서는 못생긴 남자도 일본에 가면 갑자기 잘생긴 남자로 대접받을 수 있으니 기대를 해 봐도 좋다. 일본 속설에 따르면 도호쿠 출신 여자들이 그렇게 예쁘다고 하니 당신의 연애대상이 도호쿠 출신 여자라면 눈 여겨 보도록 하자.

일본 여자와 친해지기

일본여자와 친해지는 방법은 여러 가지가 있을 수 있다. 서로의 사진을 메신저로 주고받으면서 신뢰를 쌓는 방법은 일본여자와 있어서 유효한 방법이다. 페이스북 상의 여러 게임들(예: 테트리스)를 같이 하거나 스마트폰 게임어플을 같이 하는 것도 도움이 된다. 메신저로 재미있는 음성메시지를 보내보자. 처음엔 간단한 인사말로 시작했다가 서로 역할극을 하며 연극 같은 것을 만들어 음성메시지를 보내는 유머러스한 놀이를 좋아한다.

이번 장은 짧게 마치려고 한다. 왜냐하면 이 책을 읽는 남자들은 한국 여자와의 데이트를 통해서 단련된 사람들이니 굳이 많은 내용을 적을 필요가 없기 때문이다. 한국남자가 일본여자를 만난다면 연애가 한국여자와의 그것보다 무척이나 수월하게 진행된다. 각자가 가장 잘 하는 방식을 이용해서 친해지자. 메이저리그에서 뛰다가 마이너리그에 왔으니 타율이 엄청날 것이다.

모든 연예가 다 그렇지만
중요한 것은 진심이다.
진심으로 일본여자에게 다가가도록 하자.

제 3 부

굳히기

Japan
も
と
おんな

저렴하게 일본을 여행해보자

일본여자와 연애를 하려면 적어도 두 달에 한 번씩은 만나줘야 한다. 남자가 일본에 가든지 아니면 여자가 한국에 오든지 해야 하는데 항공권 가격이 만만찮다. 이럴 때는 서비스가 훌륭한 대한항공이나 일본항공같은 메이저 항공사보다는 일본이나 한국의 저비용 항공사를 이용하는 것이 현명하다. 한국의 저비용항공사로는 진에어, 제주항공, 에어부산, 이스타, 티웨이 등이 있다. 그리고 일본의 저비용항공사로는 피치에어, 젯스타 등이 있으니 참고하자. 물론 저비용 항공사의 서비스는 형편없다. 기내식은커녕 물 한 잔도 안준다. 음료를 마시려면 돈을 지불해서 사야 한다.

한국에서의 출발은 인천이나 김포보다는 일본에 가까운 부산의 김해공항이 가격 면에서 유리하다. 시간이 넉넉하다면 김해공항에서 탑승하는 것을 생각해보자. 김해공항은 부산사상버스터미널(서부터미널)에서 경전철로 5분이면 갈 수 있으니 부산사상터미널로 가는 고속버스를 이용하면 편리하다.

특히 간사이 공항(오사카에 있는 공항. 오사카, 교토, 고베 등 일본 서쪽의 대부분의 도시에 가려면 이 공항을 이용해야 한다.)을 이용한다면 피치에어를 이용하는 것이 좋다. 성수기와 비성수기에 따라 다르지만 캐리어 없이 배낭만을 가지고 간다면 부산 김해공항에서 출발할 때 왕복항공권을 십만 원 후반 대에 구할 수 있다.

필자의 전공이 항공 쪽이라 피치에어가 전용터미널로 쓰고 있는 간사이 공항 제2터미널에 대해 설명하도록 하겠다. 제2터미널은 그야말로 비용절감만을 위해 지은 터미널이다. 에스컬레이터도 없고 건물 자체는 꼭 컨테이너를 쌓아놓은 듯한 볼품없는 디자인이다. 비행기로 탑승을 도와주는 도크시설도 없어서 건물 밖으로 나와 걸어서 비행기에 가야 한다. 이렇게 서비스는 형편없는 수준이지만 이 점 때문에 공항이용료가 상대적으로 저렴해서 값 싼 항공권을 살 수가 있는 것이다. 국내항

공업계도 이에 긴장한 나머지 현재 이마트가 입주해 있는 김포공항 구터미널청사를 간사이 제2터미널 식으로 개조하는 것을 고려하고 있다고 한다. 조금만 기다리면 국내 저비용항공사들의 티켓가격도 많이 내려갈 거라고 예상한다.

한 가지 흥미로운 사실은 한국인이 일본을 방문할 때보다 일본인이 한국을 방문할 때 티켓 값이 훨씬 저렴하다는 것이다. 이는 세금문제 때문에 그렇다. 우리나라는 자국민의 불필요한 해외여행을 자제시키기 위해 해외여행 시 항공권의 세금이 무지하게 비싸다. 반면 일본의 세금은 상대적으로 저렴해서 일본여자친구가 한국을 많이 방문하는 편이 주머니 사정에 도움이 된다. 그러므로 처음 만날 때는 남자가 일본에 가도록 하고 그 후로는 주로 여자 쪽에서 한국을 자주 방문하도록 설득하자.

뱃길로는 부산에서 규슈의 후쿠오카로 3시간 만에 도착할 수 있는 쾌속선도 있으니 알아보는 것도 좋다.

숙소문제도 한국남자에게는 큰 문제가 될 수 있다. 일본의 호텔은 굉장히 고가이기 때문이다. 저렴한 게스트하우스를 구글에서 검색하거나 자취를 하는 여자친구의 집을 숙소로 이용하자. 잘 찾아보기만 하면 오사카의 경우 만 원, 이만 원에 하룻밤을 묵을 수 있는 게스트 하우스도 있다.

저렴한 가격에 엔화로 환전하기

일본여자친구를 만나러 일본에 여행을 간다면 엔화를 환전해 가져가야 한다. 물론 신용카드를 사용할 수도 있겠지만 수수료가 비싸서 현금을 엔화로 환전해 사용하는 것이 훨씬 유리하다. 환전은 일반 시중은행에서 편리하게 이용할 수 있는데 공항에 있는 환전시설은 수수료가 굉장히 비싸니 미리미리 집주변 시중은행에서 준비하도록 하자. 외환은행의 경우 '스마트환율'이라는 외환은행의 스마트폰 어플을 다운받아 해당 어플로 수수료 인하 쿠폰을 받아 사용하면 수수료의 50~60% 가까이를 인하해준다. 잘 모르겠다면 스마트폰을 가지고 직접 외환은행에 가져가서 직원에게 물어보고 어플을 다운받아 쿠폰을 이용하자. 60% 이상의 수수료 절감을 원한다면 외환은행의 인터넷뱅킹 환전을 이용하면 된다. 인터넷뱅킹으로 우선 내일 찾을 엔화를 예약해 두고 다음날 은행에 가서 환전하는 시스템이다. 이 방법이 아직은 한국에서 가장 저렴하게 엔화를 환전할 수 있는 방법이다.

요즘같이 엔화환율이 낮아서 한국인에게 유리한 이 시점을 반드시 이용해서 일본여자친구와 행복한 사랑을 만들어 나가자.

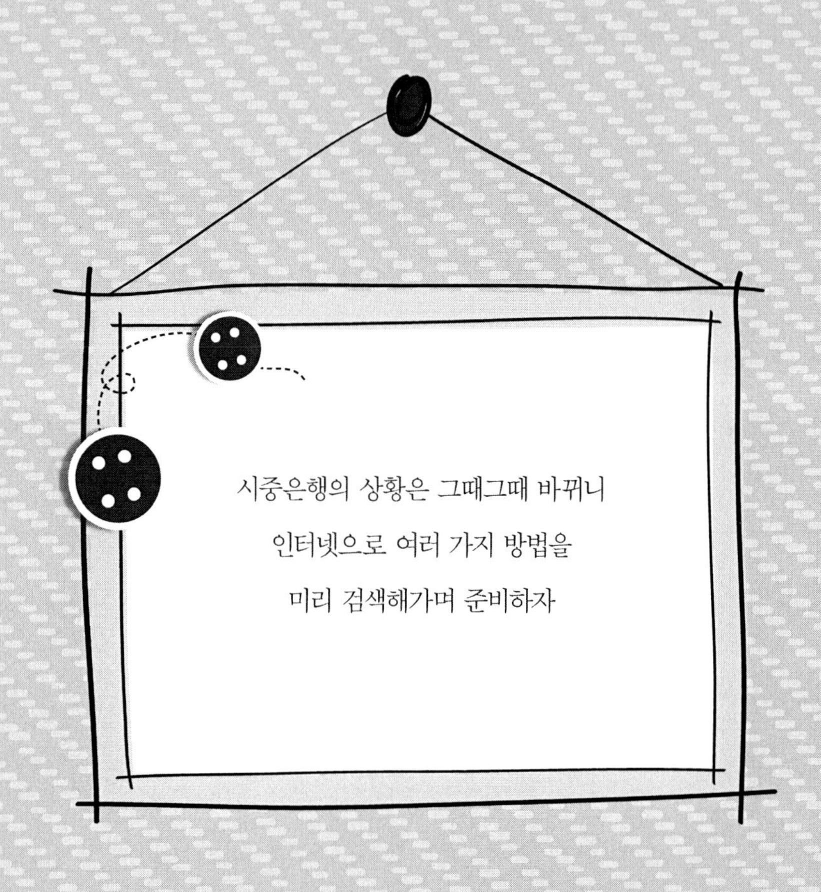
시중은행의 상황은 그때그때 바뀌니
인터넷으로 여러 가지 방법을
미리 검색해가며 준비하자

선물은 어떤 걸로 하는 게 좋을까?

필자는 여자친구를 위한 첫 선물로 가장 한국적인 것을 원했다. 곰곰이 생각해보니 한국만이 유일하게 쇠로 된 젓가락을 사용한다는 것을 알아냈다. 신촌의 한 어학원에서 영어회화강의를 듣던 중 원어민 선생님이 외국인이 가장 좋아하는 선물 중 하나라고 추천해줬던 기억이 난 것이다. 인터넷을 검색해보면 고급스런 디자인의 스테인리스 수저젓가락 세트를 2만원대 초반에 구할 수 있다. 정말 한국적인 전통디자인의 반짝반짝 빛나는 금빛 은빛의 수저 젓가락 세트는 일본인의 마음을 뺏기에 적당하다.

스마트폰 거치대도 좋은 실용적인 선물이 될 수 있다. 화상 통화를 할 때 이용하면 꽤 편리하다. 인터넷에서 만 원 정도면 구입할 수 있다.

음식이나 과자 종류로는 김, 밀키스, 실론티, 브라우니 등을 들 수 있다. 우리나라에서는 인기가 많지 않은 것들인데 일본인의 입맛에는 잘 들어맞는 것 같다.

그 외로 젠가를 들 수가 있다. 나무토막을 쌓아놓고 하나씩 빼어서 나무토막들이 쓰러지면 승패를 가릴 수 있는 보드카페의 전형적인 게임 중 하나다. 6천 원 정도면 무료배송까지 해준다. 당신이 처음 일본여자친구와 만났다면 소소한 놀이로 긴장을 풀어줄 수 있다. 소소한 놀이라고 옷 벗기기 게임 같은 야한게임이 되지 말라는 법은 없다. 야릇한 상상은 독자에게 맡기겠다.

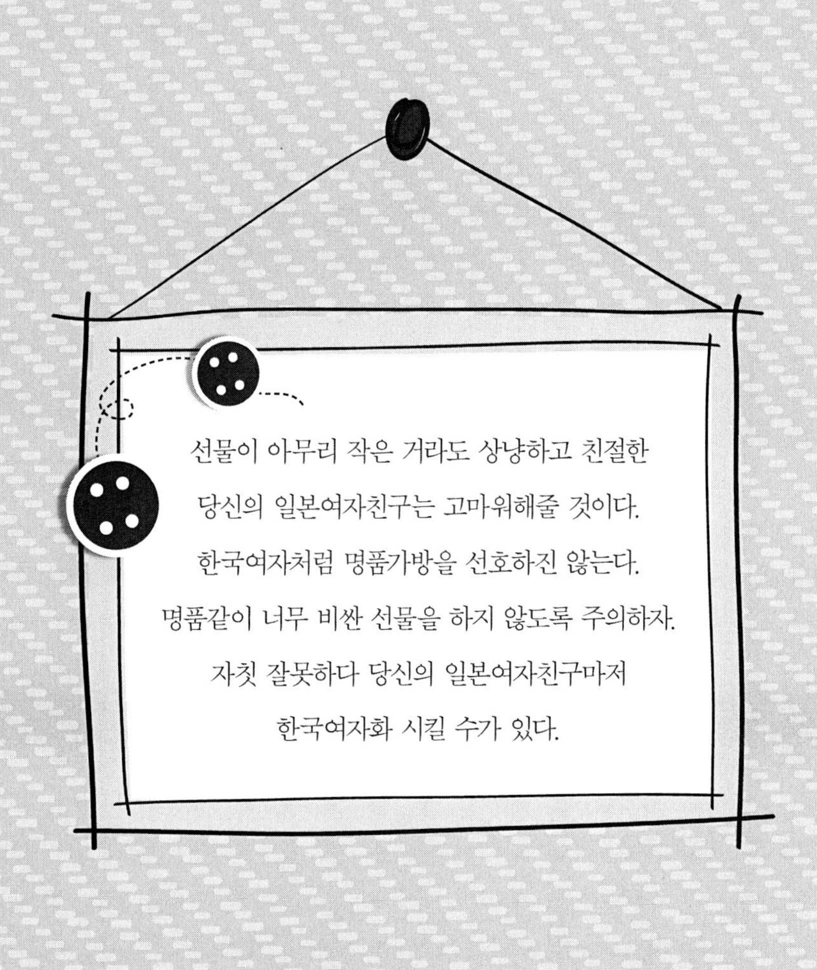
선물이 아무리 작은 거라도 상냥하고 친절한
당신의 일본여자친구는 고마워해줄 것이다.
한국여자처럼 명품가방을 선호하진 않는다.
명품같이 너무 비싼 선물을 하지 않도록 주의하자.
자칫 잘못하다 당신의 일본여자친구마저
한국여자화 시킬 수가 있다.

일본 방사능이
걱정되시는 분들께

일본 동쪽 끝에 위치한 후쿠시마 원전 폭발사고는 엄청난 재앙을 낳았다. 기술력에 자존심을 걸던 일본사람들에게 이 재난은 큰 상처를 입혔다. 그래서인지 일본인들은 후쿠시마 얘기를 하고 싶어하지 않는다.

일본 방사능이 어쩌구 저쩌구 절대 말하지 말라. 아예 후쿠시마 원전사고에 대해 대화주제로 삼지 마라. 대화의 흐름이 상당히 어색해질 것이다.

정 그렇게 방사능이 걱정된다면 일본의 서쪽에 사는 여자들을 만나라. 주요 도시로는 오사카, 교토, 나라, 후쿠오카, 고베, 히로시마, 쿠마모토, 시코쿠, 오키나와 등이 있다.

여자친구가 어디 사는지 물어보고 지도에서 찾아보도록 하자. 우리나라나 일본이나 편서풍 지대에 위치하기 때문에 전체적인 바람 흐름은 서쪽에서 동쪽으로 이동하게 되어 있다. 따라서 일본의 서쪽 지방은 한국만큼이나 안전하다.

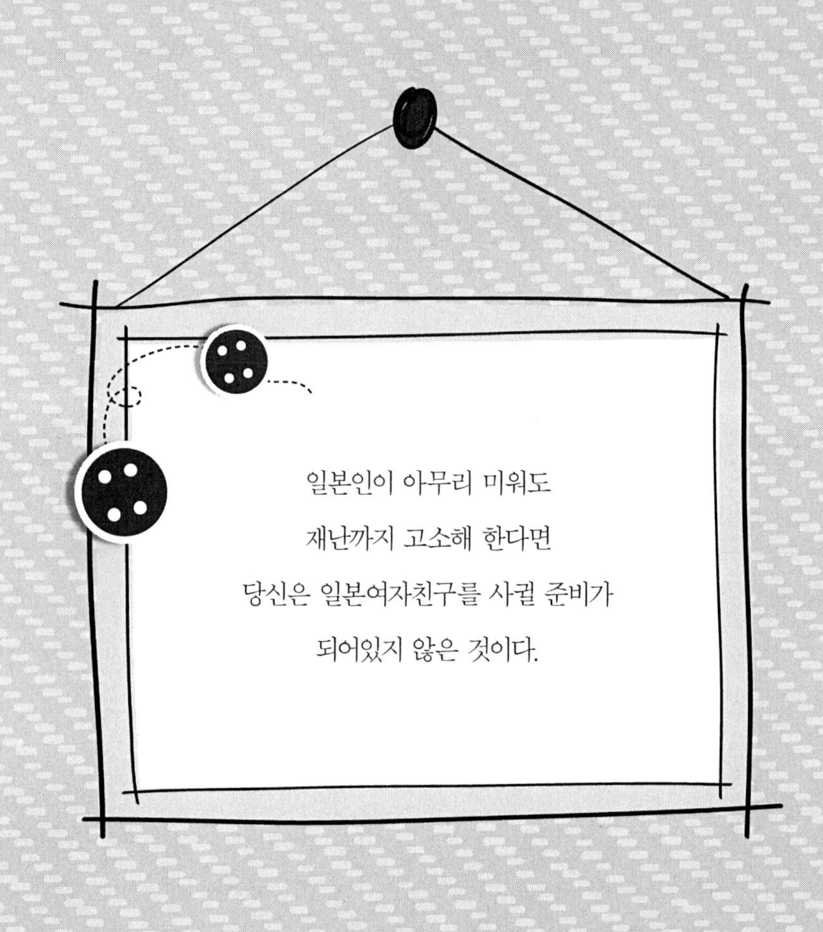
일본인이 아무리 미워도
재난까지 고소해 한다면
당신은 일본여자친구를 사귈 준비가
되어있지 않은 것이다.

일본의 독특한 목욕문화

일본인들은 샤워만 하는 것을 선호하지 않는다. 목욕이라고 하면 욕조 안에서 몸을 녹여야 깨끗이 씻은 것 같다는 느낌이라는 일본인들이 많다. 일본의 욕조는 대부분 온도 자동조절 장치가 있어서 욕조가 금방 미지근해지는 것을 방지한다. 또한 샤워기가 한국처럼 욕조 바로 앞에 달려있지 않고 욕조와는 별개의 위치에 붙어있다. 기본적인 목욕방식은 먼저 탕에서 충분히 몸을 녹이며 피로를 푼 뒤 탕 밖에 나와서 샤워를 하는 방식이다.

목욕탕 외에도 화장실이 굉장히 독특하다. 한국의 화장실은 목욕탕 내에 위치하고 있는데 반해 일본에서는 욕조가 있는 목욕탕과 분리되어 별도의 공간에 변기가 있는 화장실이 마련되어 있다. 변기 또한 약간 다르다. 변기 물을 내리면 변기 위쪽에 수도꼭지에서 물이 자동으로 나온다. 변기에 물을 채우기 위한 깨끗한 물로 손을 씻으라는 뜻이다. 이러면 물을 절약할 수가 있다. 참으로 일본사람만이 생각할 수 있는 아이디어다.

일본의 주거생활

우리나라의 경우 대부분의 사람들이 아파트에 살고 있지만 일본의 경우에는 5LDK(Living room, Dining room, Kitchen)라고 불리는 단독주택에 살고 있다. 5LDK란 5개의 방과 거실, 다이닝 룸, 부엌이 있는 단독주택을 의미한다.

일본의 주택엔 온돌 같은 난방시설이 따로 없어 겨울엔 실내가 춥다. 하지만 일본은 해양성 기후로 겨울이 한국보다 따뜻하기 때문에 견딜 만하다. 반면 일본의 여름은 한국보다 훨씬 혹독하다. 일부지방은 섭씨 40도까지 치솟는 등 견디기 힘든 날씨이다. 에어컨 없이는 조금도 참을 수가 없다. 게다가 태풍도 많이 찾아온다. 한국은 주로 7, 8월에 태풍이 오는 데 반해 일본은 이보다 조금 늦은 8, 9월에 주로 태풍이 찾아온다. 필자의 여자친구는 일본이 한국의 태풍방파제와 같은 역할을 하니 나에게 감사해 하라고 장난으로 말하기도 한다. 우리나라도 태풍피해가 심하긴 하지만 어떤 해엔 태풍이 찾아오지 않는 행운의 연도도 종종 있다. 한반도에 감사할 따름이다.

일본어를
조금씩 공부하자

외국인 여자친구를 사귀면 외국의 언어를 습득할 좋은 기회를 얻을 수 있다. 우리 주변을 보면 서양남자와 교제하는 한국여자를 심심치 않게 볼 수 있다. 그러면서 자연스레 영어 실력도 늘어난다. 성비 불균형이 원래부터 있는 데다가 저런 잘생긴 서양남자들이 우리나라 여자들과 교제를 하니 한국남자의 위치는 좁아만 진다. 그러나 한국남자라고 못할 것은 없다. 우리에겐 일본이 있다. 일본어 기본서를 한권 구입해서 하루 한 장씩 일본여자친구와 공부해 나간다면 꾸준히 공부했다고 가정했을 시 2년 정도면 일본어 회화는 마스터 할 수 있다. 특히 '츠' 발음이 한국인에게 어렵다. 우리말에는 없는 발음이기에 그렇다. 일본어 회화능력은 일본여자의 사랑을 받을 수 있는 계기가 되는 것은 물론이고 독자들의 경력개발에도 큰 도움이 된다. 당신이 취업준비생이라면 자기소개서에 한 줄이라도 더 쓸 이야깃거리가 생긴다.

내친김에 일본여자친구에게 한국어를 조금씩 가르치자. 최근 한류의 급성장으로 특히 젊은 일본여자들 사이에서 한국어 인기가 높다. 대도시라면 한국어 학원도 어렵지 않게 찾아볼 수 있다고 한다.

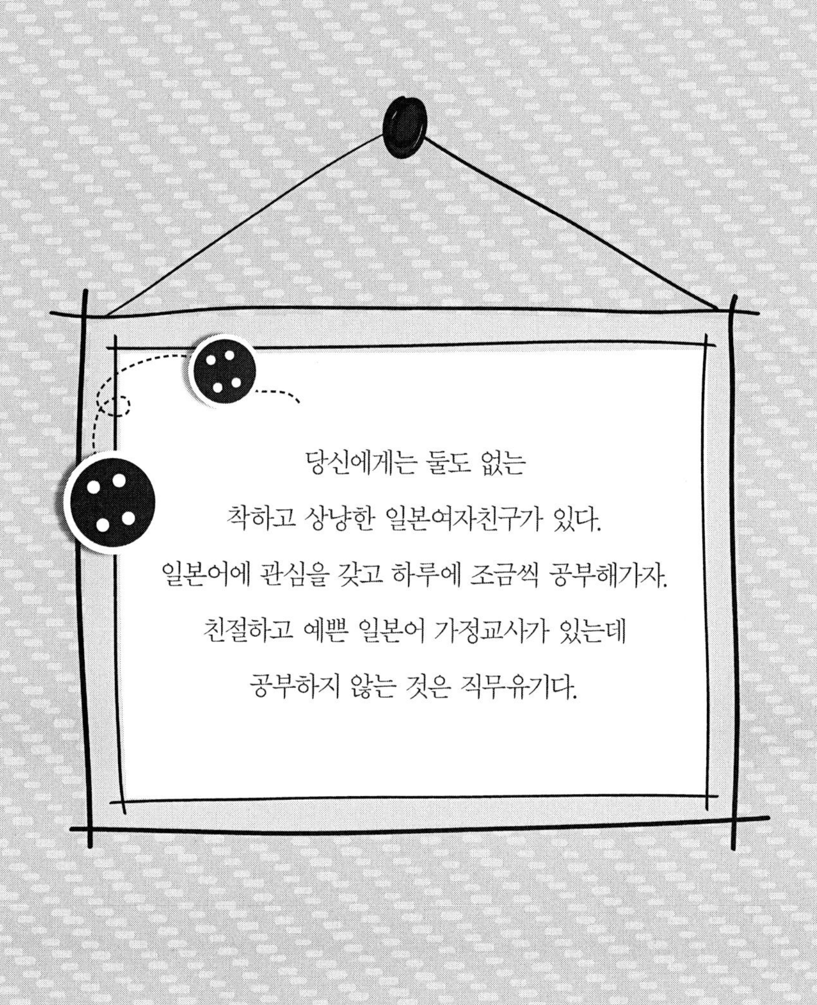
당신에게는 둘도 없는
착하고 상냥한 일본여자친구가 있다.
일본어에 관심을 갖고 하루에 조금씩 공부해가자.
친절하고 예쁜 일본어 가정교사가 있는데
공부하지 않는 것은 직무유기다.

일본의 음식

일본의 음식문화는 우리나라만큼이나 실로 다양하다. 상대적으로 우리나라 음식보단 단맛이 강한 편이며 매운 음식은 거의 없다. 한국 음식이 양념 맛에 사활을 거는 반면에 일본 음식은 식재료 자체의 고유의 맛을 살리는 데에 중점을 두고 있다. 일본여자친구가 한국에 오면 매운 음식을 못 먹으니 배려해주자. 양념치킨처럼 우리가 한 번도 맵다고 생각하지 못한 음식들도 일본인 입장에서는 매운 음식이니 주의하자.

한국 사람들이 일본에 가면 항상 들르는 곳이 회전초밥집이다. 한국의 회전 초밥집과는 달리 독특한 면모를 지니고 있다. 자동화가 잘 되어 있는 가게에 가게 되면 테이블마다 주문전용터치스크린이 장착되어 있는 것을 볼 수 있다. 계속 회전하고 있는 트레이에서 원하는 메뉴를 찾을 수 없을 때 개인적으로 주문할 수 있는 장치이다. 스크린에서 원하는 메뉴를 선택하고 주문을 하면 잠시 후 점원이 음식을 가져다주는 것이 아니라 작은 장난감 기차가 음식을 등에 얹고 도착한다. 한국관광객으로서는 신기한 경험일 수밖에 없다. 그리고 마시는 물도 물통을 따로 주는 것이 아니다. 테이블마다 옆에 보면 수도꼭지 같은 것이 있는데 컵을 손에 쥐고 버튼을 살짝 밀어주면 따뜻한 물이 나온다. 일본어로는 오차라고 하는데 우리말로 마시는 차를 의미한다. 일본에서는 존경의 의미를 나타낼 때 단어 앞에 '오'라는 말을 많이 붙인다. 따뜻한 물로 준비된 녹차 등을 타 먹으면 된다. 우리나라의 경우 녹차라면 티백이 일반적인 형태인데 일본은 가루로 된 녹차가루를 물에 섞어 마시는 것이 흔한 모습이다.

전국적으로 찾아볼 수 있는 음식으론 타이야키, 쇼우가야키, 스키야키, 다코야키, 오코노모야키 등이 있다. 타이야키는 우리나라 붕어빵의 원조 격으로 단팥 맛 외에도 크림 맛도 있으니 기회가 되면 먹어보자. 쇼우가야키는 생강 맛이 독특한 일본 불고기이다. 나머지 음식들도 한 번쯤 경험할 만하니 일본에 가면 맛보도록 하자.

일본은 고장마다 유명한 음식이 다양하다. 교토에선 우리나라 송편과 비슷한 야쯔하시가 유명하고 도쿄나 고베에선 카스텔라가, 그리고 히메지에선 시오미만쥬가 유명하다.

일본의 과자와 케이크도 맛있기로 유명한데 특히 빵과 케이크는 찾아보면 굉장히 맛있는 것이 많다. 추천하는 과자로는 칸토리마아무(Country Ma'am)라는 초콜릿 비스킷이 있다. 촉촉하면서 부드러운 맛이 일품이여서 일본 내에서도 인기가 높다. 그 외로 인절미 맛이 나는 키나코모찌를 추천할 수 있다. 한국에도 수입되어 시중에 팔리고 있는 쵸코비는 포장 크기 대비 과자의 용량이 적고 그리 맛도 없는 편이다. 왜 크레용신짱에서 짱구가 쵸코비를 그렇게 좋아했는지 이해가 안 가는 대목이다.

반대로 일본인이 좋아하는 한국음식은 호떡, 삼겹살, 고추장불고기(맵지 않게), 바나나우유, 짜파게티, 양념통닭(양념통닭의 원조는 한국이라고 한다. 우리나라에는 파닭, 간장, 마늘 등 실로 다양한 양념치킨이 있으니 소개하면 좋다) 등이 있다. 만약 학생의 신분이라 비용이 부담된다면 마트에서 같이 장을 보고 집에서 직접 요리를 해 주는 것도 좋은 아이디어다.

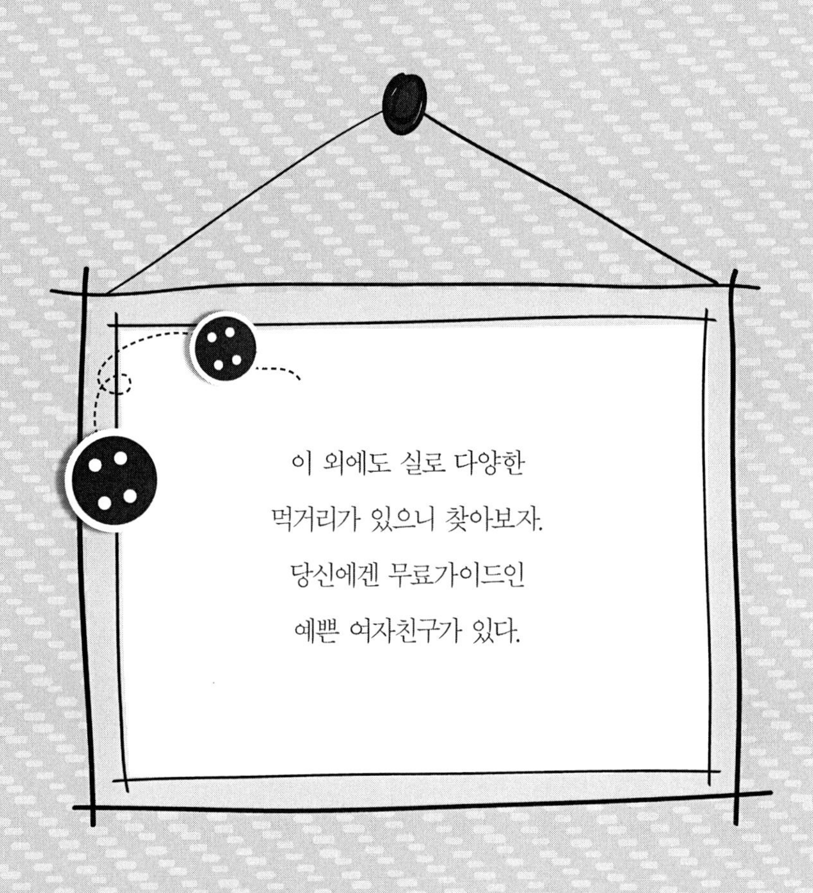
이 외에도 실로 다양한
먹거리가 있으니 찾아보자.
당신에겐 무료가이드인
예쁜 여자친구가 있다.

일본인이 좋아하는 한국의 관광명소

처음 일본여자친구가 한국에 찾아오면 한국의 어디부터 보여줄지 망설이게 마련이다. 하루하루 어떤 계획을 짤 지 고민하는 독자들의 수고로움을 돕고자 이 장에서 추천명소를 고르게 되었다. 관광지는 서로 근접한 명소들끼리 묶어서 1일 코스로 제시하도록 노력하였다. 근래에 들어서 황사는 점점 심해져 가고 겨울에는 중국 본토로부터 대량의 검은 스모그가 국내로 유입되고 있다. 일본사람들은 한국의 흔한 기상현상인 중국의 황사나 스모그에 걱정이 많으니 미리 마스크를 준비해 주는 것도 좋은 센스다.

일본인이 좋아하는 한국의 관광명소

서울권

우선 서울에는 갈 곳도 많고 먹을 것도 많다. 오히려 촉박한 일정 속에 어느 곳을 방문 안 할 지 선택하는 게 쉬울 정도다. 다음은 추천 코스이니 좋은 여정을 골라보자.

광화문 - 경복궁 - 북촌한옥마을 - 삼청동

하루 만에 다 구경하기 어렵겠지만 경복궁 근처만 해도 갈 데가 이렇게 많다. 먼저 광화문광장부터 시작해서 경복궁으로 가자. 경복궁은 입장료가 3,000원으로 큰 부담은 안 된다. 경복궁을 구경하고서 경복궁 오른쪽으로 나와 북쪽으로 들어가면 북촌한옥마을과 삼청동이 나온다. 삼청동은 아기자기한 가게들과 카페가 많으니 좋은 데이트를 즐길 수 있다.

남산 - 명동 - 남대문 - 동부이촌동(일본마을)

우선 남산으로 가자. 가는 법은 케이블카와 시내버스가 있는데 케이블카는 비용이 부담되므로 버스를 타고 가자. 남산에 가기 전 예쁜 자물쇠 두 개를 준비하자. N서울타워 옆에 자물쇠를 걸어둘 수 있는 곳이 있는데 이곳에 자물쇠를 놔두면 그 사랑이 변치 않는다는 속설이 있다. 가는 길에 계단이 있으면 가위바위보를 하며 계단을 올라가 보자. 남산을 내려올 때는 걸어서 명동 쪽으로 내려와 보자. 걷다보면 눈앞에 바로 명동이 펼쳐진다. 그렇게 명동구경을 한 후 지하철 4호선을 타고 서울역에서 내리면 남대문시장과 남대문을 볼 수가 있다. 그래도 시간이 남는다면 동부이촌동을 소개하고 싶다. 5,000여 명의 일본인이 모여 사는 마을인데 지하철 4호선을 타고 이촌역 4번 출구로 가면 된다. 많은 맛 집들이 있지만 특히 미타나야라는 일본식 식당을 추천해 주고 싶다. 그리고 바로 옆 한강공원으로 가면 된다. 운이 좋다면 반포대교 무지개분수를 볼 수 있다. 역사에 관심이 많다면 이촌역 2번 출구에 있는 국립중앙박물관에 가보자.

강남역 - 예술의 전당 - 롯데월드

유동인구가 넘쳐나는 강남역이나 예술에 관심이 많다면 예술의 전당이 좋다. 놀이공원으로는 강남에서 가까운 잠실의 롯데월드가 좋다.

종로(종각) - 청계천 - 인사동

종로도 좋은 데이트 코스가 될 수 있다. 청계천도 볼 수 있고 괜찮은 보드카페들도 있으니 한 번쯤은 가볼 만하다. 근처 인사동 쌈지길 구경도 괜찮다. 인사동에 유명한 똥빵도 먹어보도록 하자.

신촌 - 홍대 또는 혜화

자유로운 젊은이들을 느껴보고 싶다면 추천하고 싶은 지역이다. 홍대에는 저렴하고 예쁜 카페들도 많으니 구경해보자. 신촌에는 많은 클럽들이 몰려있고 가다보면 인디밴드들의 무료공연도 심심치 않게 구경할 수 있다.

춘천

만약 시간적인 여유가 있다면 춘천에 가보자. 닭갈비 골목이라든지 남이섬 등 일본인이 좋아하는 명소가 많다.

일본인이 좋아하는 한국의 관광명소

부산권

부산권에는 김해공항이 있다. 김해공항을 이용하는 항공권은 저렴하고 좋으니 다른 지역에 거주하고 있더라도 추천할 만하다. 부산사상터미널(서부터미널)에서 김해경전철로 5분이니 고속버스비와 항공권 조합으로 여자친구를 만날 최적조건의 공항을 고르자.

부산의 지하철에는 캐리어를 맡길 물품보관소 락커가 부족하다. 만일 부산 김해공항으로 여자친구가 캐리어를 끌고 왔는데 맡길 곳이 없다면 곤란한 일이 아닐 수 없다. 김해공항이나 부산역 또는 사상역(사상서부버스터미널) 등에 캐리어를 맡길 수 있는 대형 락커가 있으니 이용하면 좋다.

서면 - 남포역 - 광복로 - 부산타워 - 자갈치시장
- 트릭아이미술관 - 국제시장 팥빙수골목 - 해양박물관

서울에 명동이 있다면 부산엔 서면이 있다. 남포역의 광복로 패션의 거리도 명동과 비슷한 번화가다. 광복로에서 조그만 걸어가면 부산타워와 용두산공원도 둘러볼 수 있다. 패션의 거리에는 가야밀면이라는 부산의 맛집이 있다. 밀면은 일본인 입장에서는 매운 음식이니 양념을 조금 덜어내도록 하자. 남포역에서 한 정거장 거리인 자갈치역에는 국제시장과 트릭아이미술관이 있다. 국제시장에는 팥빙수 거리가 있으니 꼭 들려보도록 하자.

해운대 - 해동용궁사 - 센텀시티 - 시립미술관
- 광안대교 - 부산박물관

부산 하면 해운대를 빼놓고는 관광을 할 수가 없다. 근처에 해동용궁사라는 절도 방문해보자. 근처에 부산 아쿠아리움도

있다. 만약 박물관을 좋아한다면 시립미술관이나 대연역의 부산박물관도 괜찮다.

경주

경주 또한 일본인들에게 관광지로 유명하다. 불국사, 석굴암, 첨성대 등 갈 곳이 많다. 일본의 절은 한국과는 다르게 화려한 채색이 없다. 주로 흰 벽에 나무의 색을 그대로 살린 기둥뿐이다. 오방색의 단청으로 화려하게 꾸며진 한국의 절과는 다르다. 절 같은 명승지를 가게 되면 용 그림을 쉽게 찾아볼 수 있다. 여기서 재밌는 점은 국가별로 용의 발톱의 수가 다르다는 것이다. 전통적으로 중국의 용은 발톱이 5개, 한국의 용은 4개, 일본의 용은 3개다.

일본인이 좋아하는 한국의 관광명소

호남권

호남권을 여행하려면 일단 차가 필요하다. 서울이나 부산처럼 지하철 같은 대중교통이 발달하지 않았다. 지하철이 광주에 하나 건설되어 있긴 하지만 시청, 버스터미널, 종합대학 등을 전혀 거치지 않는 기형적인 구조로 건설되어 있다. 하지만 호남권에도 가볼만 한 관광지가 많으니 여자친구와 방문해보기로 하자.

광주 맛집 탐험 - 시립미술관 - 담양 죽록원

광주는 관광명소가 많지 않다. 다만 시립미술관과 맛집들은 가볼만 하다. 금수저은수저라는 유명한 식당이 있는데 점심에 가기 전에 전화로 예약을 해야 한다. 비교적 저렴한 가격에 끝없이 나오는 한식을 맛볼 수 있는데 일본인 여자친구가 가장 좋아하는 식당일 것이다.

담양의 죽록원은 산 전체가 대나무로 둘러싸인 흔치않은 절경이다. 영화 알포인트, 드라마 일지매의 촬영지이니 가볼만한 곳이다.

군산

군산이란 중소도시를 적극 추천해주고 싶다. 군산시는 일제강점기에는 군산부라고 불리우며 굉장히 큰 도시였다. '부'라고 하면 일본에서도 오사카부, 교토부 하듯이 우리나라의 광역시 같은 개념으로 받아들이면 된다. 인구 또한 일본인이 한국인보다 많이 살고 있었다고 한다. 그래서 그런지 일본의 흔적이 아직도 많이 남아있다. 한국 유일의 일본식 사찰 동국사부터 적산가옥(히로쓰가: 영화 타짜의 영화촬영지), 조선18은행, 군산세관, 횟집 등이 있다. 또한 우리나라에서 가장 오래된 제과점 중 하나인 이성당이란 빵집이 있는데 팥빵과 야채빵, 그리고 팥빙수가 유명하다. 팥빵은 인기가 많아 주말에는

1인당 5개까지만 구입할 수 있다. 숙소로는 고우당이라는 게스트하우스가 좋다. 대규모의 부지에 일본식으로 지어진 게스트하우스인데 전통적인 일본의 다다미방으로 꾸며져 있다. 1인당 만 5천 원의 저렴한 가격으로 많은 학생들이 즐겨 이용하고 있다.

일본여자에게 사랑 받는 법

앞서 말씀 드렸다시피 한국에서 연애를 두 번 정도 해보신 독자들만 이 책을 읽고 계신다는 가정 아래 이 책이 쓰였다. 연애경험이 전무한데 쉽게 일본여자를 꾈 수는 없는 노릇이다. 한국이라는 거대한 레드오션에서 산전수전 다 겪고, 한국여자한테 시달릴 대로 시달린 독자분이야말로 이 책을 읽으면서 내용을 하나씩 적용시켜 나간다면 100% 성공할 수 있다. 일본은 마이너리그다. 우선 메이저리그에서 심신을 단련시킨 뒤 마이너로 내려오라. 당신은 홈런타자가 될 수 있다.

많은 독자분의 독특한 매력으로 말미암아 굳이 필자의 도움이 필요 없으신 분들이 대부분이겠지만 일본여자에게 잘 통하는 필자만의 비법이 몇 가지 있으니 이 장에서 공유하고자 한다.

뚱뚱이 되도 사랑할게~

한국여자나 일본여자 모두 내 남자의 마음이 변심할까 두려운 법이다. 그리고 여자의 몸매는 시간이 갈수록 노력이 없으면 유지되기 힘든 법이다. 따라서 지금은 몸매나 얼굴이 반반해서 자신 있지만 몇 년 후 내가 못생겨지기라도 하면 내 남자가 자신에게 실망할까봐 여자들은 늘 두려움을 가지고 살고 있다. 이러한 여자들에게 한 번쯤은 이런 얘기를 해 주자.

"네가 다코야키를 마니마니 먹어서 뚱뚱 뚱뚱이가 되도 널 사랑할게"

은근히 간단한 이 한마디에 여심은 녹아내린다. 이 방법은 한국여자에게도 똑같이 적용된다. 이전에 한국여자와 데이트를 할 때 이 말을 못한다며 치명적인 상처를 입었던 필자의 경험에서 우러나온 기술이다. 성공확률이 매우 높은 기술이니만큼 한 번쯤 사용해보자.

매서운 한국의 겨울

한국의 겨울은 일본의 그것보다 매섭고 혹독하다. 건조한 시베리아의 칼바람이 당신의 여자의 속살에 사무칠 것이다. 일본의 습하고 따뜻한 해양성기후의 겨울에 익숙한 일본여자에게는 한국의 겨울은 무섭다. 홋카이도를 제외한 일본의 대부분의 지방은 겨울에 수은주가 0도 이하를 가리키기가 힘들다. 겨울에 여자친구가 한국에 놀러온다면 다음의 기술을 한번 이용해보자.

"사무이? 오이데~"

한국어로 번역하면 "춥지? 이리와~"다. 오이데를 연발하며 꼬옥 안아주자. 그러는 동안에 당신의 여자의 마음은 이미 뜨거운 로맨스를 꿈꾸고 있다.

사진 기술과 유머

일본여자나 한국여자나 정말로 셀카 찍는 것을 너무나 좋아한다. 여자친구의 사진을 찍어줄 때 카메라의 위치를 최대한 지면에 가깝게 하여 찍어주자. 즉, 사진을 찍을 때 서서 찍어주는 것이 아니라 쪼그려 앉아서 카메라가 아래에서부터 위를 향하게 찍는 것이다. 이런 방식으로 사진을 찍게 되면 실제보다 머리는 작게 보이고 키는 더 커 보이기 때문에 일반적으로 키가 아담한 일본여자들을 행복하게 할 수 있다. 한국여자와의 셀카에 익숙한 독자들이라면 쉽게 적응할 수 있다. 사진들이 충분히 꽤 모이면 스마트폰 어플 '비트윈'을 이용해서 서로 공유하면 추억을 쌓아나갈 수 있다.

한 가지 덤이 있다면 일본여자는 재밌는 남자에 호기심이 굉장히 강하다는 것이다. 개그로는 말로 하는 개그보다는 몸으로 하는 개그가 적격이다. 이 외에도 많은 기술들이 있으나 독자들의 실력을 믿고 이 장을 마치도록 한다.

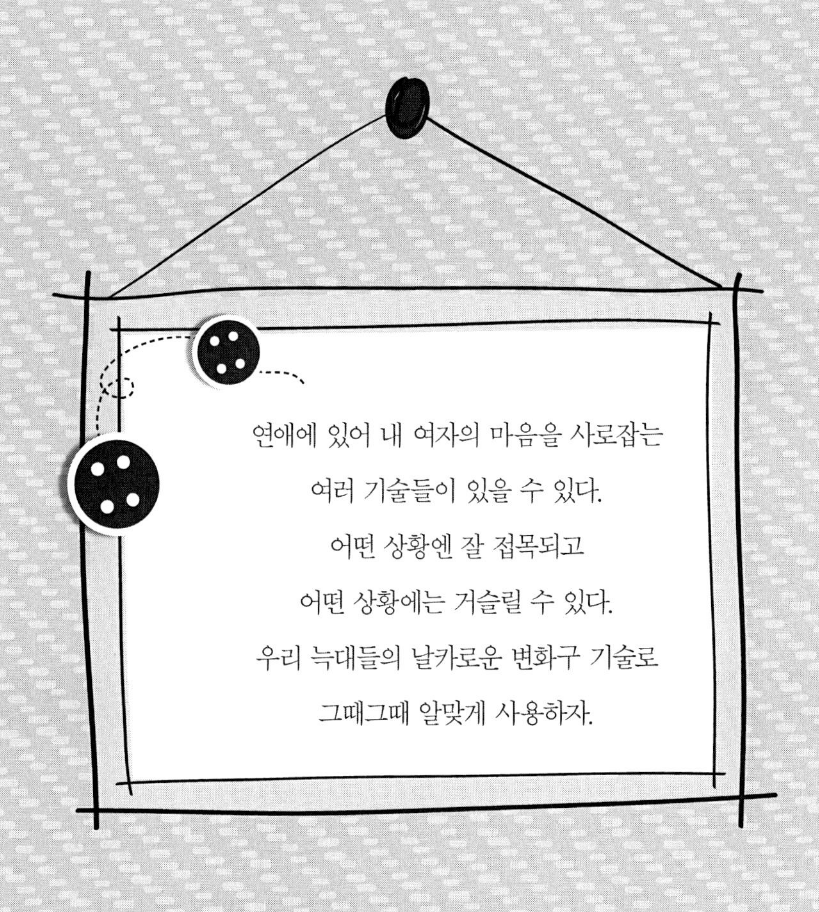
연애에 있어 내 여자의 마음을 사로잡는
여러 기술들이 있을 수 있다.
어떤 상황엔 잘 접목되고
어떤 상황에는 거슬릴 수 있다.
우리 늑대들의 날카로운 변화구 기술로
그때그때 알맞게 사용하자.

한국여자와는
다른 일본여자만의 경쟁력

일본여자가 갖는 장점이야 셀 수 없이 많겠지만 단 하나 꼽으라면 필자는 다음 내용을 꼽고 싶다.

'일본 여자는 신경질을 내지 않는다.'

신경질을 안 내는 사람이 어디 있겠냐만 한국여자의 그것에 비하면 일본여자의 신경질은 거의 없다고 봐도 무방하다. 특히, 한 달에 한 번씩 이유 없이 짜증과 온갖 신경질을 난사하는 한국여자친구를 만나봤다면 잘 알 것이다.

누구나 연애를 하면서 소소한 실수나 잘못을 하게 된다. 바람을 피웠거나 클럽에서 원나잇을 하는 등 중대한 실수가 아니라면 잘못했을 때 미안하다고 한번만 하면 일본여자는 더 이상 잘못을 묻지 않는다. 한국여자처럼 하이에나 달려들듯이 물고 늘어지지 않는다는 것이다.

한국남자 : "미안해, 다음부터 안 그럴게."

한국여자 : "뭘 잘못했는데?"

늘 경험했던 레퍼토리다. "뭘 잘못했는데?"가 나오는 순간 대화는 끝없이 이어지고 "미안해"를 수백 번은 반복하고 사과해야 한다. 일본여자는 친절하고 이해심이 많기 때문에 화를 잘 안 낸다. 특히, 어려서부터 남에게 폐를 끼치면 안 된다는 것을 몸소 배워왔기 때문에 큰 싸움이 나지 않는다. 본인이 아무리 억울한 경우가 있어도 화를 잘 내지 않고 오히려 미안하다고까지 한다. 게다가 눈물을 글썽이기까지 한다면 아무리 한국남자가 화가 나도 괜스레 미안해지게 마련이다. 때문에 한국남자는 미안해서라도 다음부터 화가 나도 화를 자제하게 된다. 이러한 이유로 한국남자와 일본여자가 궁합이 잘 맞는다고 하는 것이다.

또 하나의 장점은 일본여자친구의 친구나 가족을 한국에서처럼 과도히 챙기지 않아도 된다는 점이다. 너무 멀리 있어서 여자친구를 만나러 일본에 갈 때나 가족선물용으로 작은 성의를 준비하는 것만으로도 충분하다. 반면 한국에서는 한국여자친구의 친구들에게 밉보였다가는 그대로 헤어지기 마련이다. 한국여자는 본인의 남자친구보다 친구들의 말을 더 신뢰한다.

한국여자는 너무도 경쟁적이다. 경쟁심이야 직장이나 학교에서 부린다면 좋은 연봉과 성적을 받을 수 있는 장점이 있겠지만 문제는 한국여자들은 쓸데없는 데서 경쟁심이 발휘된다는 것이다. 예를 들면, 남자친구에게 받은 선물로 친구들끼리 경쟁을 한다. 이러니 선물의 내용이 점점 과해지면서 결국에는 명품백을 선물하는 한국남자가 생겨나는 것이다. 게다가 남자친구의 직업이나 학교, 또는 세세한 연봉을 가지고도 서로 비교하는 경우도 있다. 물론 본인의 한국여자친구가 착해서 그렇지 않은 경우도 많다. 그러나 주변에서 가만히 놔두질 않는다. 매일 친구들이 하는 얘기를 무시할 수는 없는 노릇이기 때문이다.

여자친구의 친구들과의 불화를 넘어서서 여자친구의 어머

니와 불화를 겪게 되면 이것은 더 최악의 결과를 낳는다. 남자친구가 직업을 잃거나 진로가 불투명해지는 등 시련이 닥치면 여자친구의 어머니가 가만두지 않는다. 반드시 헤어지게 되어 있다. 최근 장서갈등이 고부갈등보다 심각하고 장서갈등 시 반드시 이혼으로 이어진다는 연구결과도 있다. 또한 여자친구가 시험을 준비하는 등으로 바빠져서 연애에 들어가는 시간이 아깝다고 생각되면 미련 없이 헤어지는 경우도 있다.

한국여자의 다른 한 단점으로는 우위를 논한다는 것에 있다. 남자가 여자를 더 사랑한다고 생각되어지면 내가 더 우위에 있으니 내 마음대로 해도 된다는 식이다. 이 역시 중학교 2학년 수준의 사고방식이다. 이러한 방식은 우리 늑대들의 방식이 아니므로 사랑하는 일본여자친구가 생긴다면 이기주의는 버리도록 하자.

단 한 가지 일본여자와 연애하면서 주의해야 할 것이 있다면 혼네(한국어로 속마음 정도가 가장 정확한 번역이다)를 조심하라는 것이다. 즉, 겉으로는 예의가 있기 때문에 웃고 있지만 속으로는 일본여자가 어떻게 생각할 지 아무도 모른다는 얘기다. 눈치껏 잘 살피도록 하자. 이 혼네는 일본 내에서도 교토지역의 여자가 유명하니 잘 알아두도록 하자.

일본여자와의 결혼?

일본여자와의 결혼을 생각하기 전에 우선 한국여자의 결혼관을 살펴보기로 하자. 한국여자는 연애와 결혼을 철저히 분리해서 생각한다. 연애는 잘생기고 키 큰 멋진 오빠와 하는 것이고 결혼은 돈 많은 배불뚝이 아저씨와 해도 상관없다는 것이다. 물론 어린 마음에 그렇지 않은 순수한 아가씨도 있겠지만 친구들이나 가족들이 절대 가만 내버려두지 않는다. 결국에는 친구들끼리 남자친구의 연봉을 서로 자랑하고 이번 기념일에 무슨 명품백을 받아냈는지 경쟁하듯이 떠벌린다.

하지만 일본여자는 연애와 결혼을 서로 연관 짓는다. 연애의 끝은 결혼이라고 믿고 있다. 이는 세계 다른 어떠한 외국의 여자의 생각과도 일치한다. 게다가 일본인과 결혼하면 다문화

가정이 되기 때문에 육아, 복지 등 많은 정부의 지원을 받을 수 있다. 사실 이 법안은 동남아나 러시아권에서 한국에 시집온 가난하고 힘들게 사는 사람들을 위한 법안이었는데 미국이나 일본같이 경제력에 문제가 없는 가정도 일괄적으로 지원되는 것이 문제다. 2012년 정부나 지자체에서 한 다문화 가정 당 평균 지원액은 84만 원에 이른다. 이에 한 일본인 아내는 한국 정부에 우리가정에는 지원을 해주지 말라고 탄원하기도 했다.

일본에 관한 상식 모음

이 장에서는 챕터로 묶기엔 이야깃거리가 적지만 모르면 또 아쉬운 내용들을 두서없이 순서대로 나열해 놓았다. 일본여자와의 연애에 있어서 이 정도 상식은 알아두자.

○ 일본여자의 상세한 집주소를 먼저 물어보지 말자. 당신의 여자친구는 당신이 스토커인지 아직 확신하지 못한다.

○ 첫째도 겸손, 둘째도 겸손해야 한다. 칭찬을 받으면 우쭐해져 허세를 늘어놓지 말자. 칭찬에 감사하다고 표현해준 뒤 나는 그렇게 대단한 사람이 아니라고 겸손하게 고개를 저어주자. 다시 말하지만 우리는 중학교 2학년생이 아니다.

○ 일본에서 관계 시 피임은 절대적인 예의다. 콘돔을 잊지 말자.

○ 일본 여권의 색깔은 기본적으로 붉은 바탕에 가운데에 노란색 국화꽃이 장식되어 있다. 단 청소년기에 일찍 여권을 발급받았다면 여권은 짙은 파란색이다. 참고로 국화꽃은 일본의 상징이다.

○ 일본에서 시내버스를 이용하는 방법은 한국과는 조금 차이가 있다. 일본에서는 돈을 지불하지 않고 먼저 시내버스에 오른다. 그 다음 목적지에 도착하여 내릴 때 앞문 쪽에 있는 동전수거기에 동전을 투입하면 된다. 동전이 없다면 버스 내에 항상 동전교환기가 있으니 지폐를 동전으로 바꾸면 된다.

○ 일본에서는 한 해의 마지막 날인 12월 31일에 잠을 자서 후지산이나 매, 또는 가지에 관한 꿈을 꾸면 다음 한 해가 운이 좋고 편안하다고 한다.

○ 호텔에 가면 잠옷 대용으로 늘 유카타라는 옷이 두 벌 준비되어 있다. 유카타는 일본의 여름전용 전통복장이다. 입을 때 입는 사람 기준으로 오른쪽의 옷감이 안쪽으로 들어가고 왼쪽의 옷감이 바깥쪽으로 들어나게 입어야 한다. 반대로 입으면 안 된다. 이는 죽은 사람이 유카타를 입는 방식이다.

○ 음력설을 쇠는 우리와는 달리 일본은 양력 1월1일에 온 가족이 모여 새해를 기념한다.

○ 일본영화 러브레터는 오직 한국에서만 유명하다. 명대사 '오겡키데스카'를 알고 있는 일본인은 흔치 않다.

제 4 부

끝맺음

おんな

그럼에도 불구하고
한국여자가 더 좋은 이유는?

없음…

손편지 예문

창작을 귀찮아하는 독자들을 위해 필자가 직접 썼던 손편지 예문을 모아 남긴다. 언어 선택은 한국어, 일어, 영어를 적절히 섞어가며 하는 것이 가장 좋다. 일본은 편지를 쓸 때 글의 순서를 가로가 아닌 세로로 쓰는 경우도 있으니 이를 적용시켜 봐도 좋다.

〈예문1〉

To : ○○ ○○

It has been 11 days since we become girl friend and boyfriend. We just met in 秋, but now いま already 冬です。시간은 참 빠르다 ~

It's hard? to express my real 心 to you, although we contact to each other everyday. It's hard to be romantic, so I usually say jokes. ごめん~

ありがとう and 幸福だ´ because あなたが next to ぼく。

I wanna be a small smile for you everyday.

Always Yours,

○○○

〈예문2〉

To: ○○ ○○

おはよう~ It has been already ○○ days since I left 日本 on 2nd December. まだ日本にいるようだ。おげんきですか。ぼくは あなた、絶世の美女を 毎日 思うです。 ○○ ○○も 그렇지? I cannot wait until ○○月 ○○日. Time goes too slow~ ㅠㅠ.
いま D-○○日です。
It was really happy in ○○○○ city for ○days. It was our first meeting, but our mind was 00 days couple. I cannot forget those memories. I want to see your shy face again ^_^.
Meet me at ○○○○ 空港 soon~

Always Yours,
○○○

◑ 맺음말

시대가 갈수록 한국의 사회는 이 땅의 젊은 남자들에게 점점 더 가혹해져 가고 있다. 아버지 세대 때의 가장 역할을 해야 함은 물론이고 최근에는 여자들의 역차별의 공격대상이 되어왔다. 날이 갈수록 어려워져만 가는 경제상황으로 높은 취업문과 까다로운 한국여자의 연애기준으로 지친 한국남자들을 위해 이 책을 쓰게 되었다. 한국여자들이 서양 외국인 남자친구들을 만나는 것을 보면서 내심 외국인 여자친구를 원했을 듯 남성들이 많을 것으로 사료된다.

이웃나라 일본에서는 얼마 전부터 남자들이 초식화 되어 더 이상 연애를 원하지 않는 증상을 보여 왔다. 이에 외로운 일본여자의 수는 늘어만 갔고, 한국남자와의 연애를 대안으로 찾기 시작했다. 게다가 일본은 우리나라보다 인구가 두 배 이상 많다. 단순히 계산해봐도 그만큼 연애의 기회도 두 배 이상 많다는 것이다. 어쩌면 다음 세대에서는 다시는 오지 않을 절호의 기회인 셈이다. 고단한 삶을 하루하루 이어나가고 있는 대한민국의 젊은 남자들에게 어쩌면 신이 내린 작은 선물일지도 모른다. 그동안 일본여자를 어떻게 만나는지 방법을 몰라서 못 만난 거라면 이 책을 통해서 당신의 연애운을 틔워보자.

이 책을 읽고 일본여자친구 만들기에 성공하신 분은 후기를 보내주세요. 신간서적 한권을 보내드립니다. 보내주신 후기는 한국남자들이 연애하기 좋은 사회를 만드는데 이용됩니다. 여러분의 비법을 공유해 주세요.

yongyi21@naver.com

감사합니다